The Mad Scientists' Club

瘋狂科學俱樂部

飛碟魔幻獸

文——柏全德・布林立｜Bertrand R. Brinley｜
圖——查爾斯・吉爾｜Charles Geer｜
譯——賴文珍

費迪・摩頓

超級貪吃鬼。和亨利一樣，都熱愛思考，但思考的內容多半是食物。正值青春變聲期，低吼聲超恐佈，曾因假裝怪獸和惡鬼的淒厲叫聲，為俱樂部漂亮達成任務。

傑夫・克羅克

俱樂部主席，喜歡戴棒球帽。據說他之所以能當上主席，是因為俱樂部的實驗室，其實就是他老爸的穀倉。不過他的確很有領導天份，能規劃和指揮整個俱樂部的行動。

查理・芬梣迪克

書中的第一人稱敘述者。話似乎不多，多半是有疑慮的時候才會開口問。很會賴床，最怕的事情是，媽媽拿著長柄刷把他刷起床。

亨利・摩里根

俱樂部的靈魂人物，唯一戴眼鏡的男生，也是副主席。是個熱愛思考，滿腦怪點子的鬼才。招牌動作是手摸著下巴，眼睛往天花板看。俱樂部碰到的任何疑難雜症，只要經過他這麼一想，保證迎刃而解，萬事 OK 啦！

瘋狂科學俱樂部

七個狡黠聰明、超愛惡作劇的男孩所組成的搗蛋探險隊。擁有一個可以大聲臭屁、激盪創意點子的秘密基地，一間五金行樓上、有超炫機關的實驗室，還有一堆人家廢棄不要的道具……由此展開一連串驚心動魄、刺激精采的大冒險，把原本寧靜的小鎮搞得天翻地覆、雞飛狗跳……

莫泰蒙・達倫坡

電機天才。最喜歡戴一頂帽緣上翻的圓盤帽。聰明、冷靜，很少大驚小怪；喜歡挖苦人，也常沒頭沒腦說出讓人發笑的話。

丁奇・卜瑞

俱樂部中個子最瘦小的。雖貌不驚人，卻是所向無敵的鑽洞高手；爬竿速度超快，還超會使用刀子解決各種問題。少了他，俱樂部很多任務還真無法完成呢！

荷馬・斯諾格

無線電火腿族。是俱樂部中唯一頭髮有型服貼的男生。老爸開五金行，一天到晚偷店裡的東西給俱樂部用，五金行的樓上也因此成為俱樂部的秘密基地。

推薦文

開啟無窮維度極限空間的想像

林宣安（臺中市立長億高中理化教師）

如果影像可以讓你感受到3D或4D的震撼，那文字就是一個無窮維度的極限空間！

【瘋狂科學俱樂部】就是一系列會讓你沉浸在這無限想像世界的冒險小說。我姑且稱它們為「小說」而不是「科普叢書」，因為故事內容實在太引人入勝，讓你不知不覺便跟著傑夫和亨利一起上山下海冒險。過程中為了解決遇到的問題，幾個大男孩發揮各自的專長和創意，每每逢凶化吉，卻又蘊含許多科學知識，就像亨利利用身邊的東西組合了一台紅外線探測器，成功探索了大砲內部的情況，對我們這種科學迷來說，這就像當年的馬蓋先一樣神奇，卻又多了一些趣味和年輕人胡搞瞎搞的小樂趣。

科學之所以偉大，不是它有多難或理工科入學分數有多高，而是其應用徹底改變了人類的生活方式和習慣。但許多人在求學過程中對科學和數學望之卻步，可能就是無法體會出科學在生活中的價值。當學了一門無法應用的學科，相信很多人都會覺得無趣吧，但學校教育因為許多舊有體制的禁錮，很難在短時間讓學生對這些學科有更多的應用機會，而大量閱讀也許就提供了另一個抒發的管道。

閱讀和影像是完全不同的學習模式，文字進入腦袋中需要更多的轉化和想像，相同的文字進入不同的人心中也會有不同的發酵。就像每個人看到的都是不同的彩虹，一本有意義的書對不同的人會有不同的啟發。【瘋狂科學俱樂部】對我這個科學狂熱者來說，看到的是他們的創意工具和解決問題的方式，但有人也許是因為這群好朋友的友情而動容，有人對冒險情節感到驚心動魄，有人則在其中找回青春的感覺，這些都是這套書的文字所產生的魅力。

透過影像學習或許已成了這個世代的新模式，因為這樣的學習方式可以更方便、更快速，更能符合目前社會的需求，卻少了一些自我轉化的過程，少了一些感動的歷程，少了一些想像的空間。因此在學習歷程中，不管科技如何發展、教育如何革新，閱讀絕對是不可或缺的一環，合適的讀本可以讓人願意重拾文字的樂趣，我想，【瘋狂科學俱樂部】做到了！

如果影像可以讓你感受到３Ｄ或４Ｄ的震撼，那文字就是一個無窮維度的極限空間！

推薦文

從趣味故事發展科學創意

曾振富（臺北市國小自然科學領域輔導團召集人、臺北市幸安國小校長）

由美國著名科普作家柏全德．布林立（Bertrand R. Brinley）撰寫、插畫家查爾斯．吉爾（Charles Geer）精心繪製線稿插圖的【瘋狂科學俱樂部】，初看就會陷入其生活探索與創意解決問題的故事之中。在《草莓湖水怪》、《飛碟魔幻獸》、《炸彈大開花》三部書中，不但能引發對故事發展的好奇心，更可以從中了解如何利用科學方法解決生活的問題。整個系列涵蓋科學知識、過程技能及科學態度的特點，值得推薦給喜歡故事與科學的青少年閱讀。

故事以七位瘋狂科學俱樂部的成員為主軸，透過解決生活創意問題，傳達自然科學的核心素養及學習重點（學習表現與學習內容），並且藉由故事情節發展，無形地嵌入到讀者心中。每本書所發展出來的內容，用孩子們最喜歡的故事型態呈現，頗能符合他們想聽故事與探究故事發展的動機與好奇心，也符合一〇八課程綱要的核心素養——能運用好奇心及想像能力，從觀察、閱讀、思考所得的資訊或數據中，提出適合科學探究的問題或解釋資料，並能依據已知的科學知識、科學概念及探索科學的方法去想像可能發生的事情，以及理解科學事實會有不同的論點、證據或解釋方式。隨著故事不斷在問題的出現與解決過程中發展出創意性的做法，也能引導學童在問題解決方面的學習表現。然而解決問題所應用的知識與原理，卻是整合跨科概念的學習內容，也頗符合課程綱要的跨科／跨領域科學認知。

整套書的故事在長毛象瀑布鎮發生，無論是草莓湖水怪的傑作、古宅煙囪的裝神弄鬼，或是探索紀念場的舊大砲，描述的筆法生動活潑，情節過程曲折有趣，解決方法創意十足，頗能引領讀者想進一步看下去的動機。而插畫家線條式的畫作，傳神地表達出故事情節，發揮了畫龍點睛的功效。

十分推薦給喜愛閱讀的孩子們，也鼓勵親子共讀，一起徜徉在科普閱讀的家庭時光。

推薦文

每個人都有一個瘋狂科學俱樂部

盧俊良（岳明國中小自然老師、FB粉專「阿魯米玩科學」版主）

很多年前，我還是個小男孩，沒有電腦、手機，更沒有網際網路，那樣的日子一定無聊死了……【瘋狂科學俱樂部】讓我想起我們在那個很「無聊」的日子裡都在做些什麼事。

社區裡有個很大的曬穀場，平時地主堆了一些建築用的板模，我們幾個小男生利用板模搭建了一個小屋，那是我們的秘密城堡，四周有很多縫隙可以觀察有沒有女生在窺探城堡。我們還搭建了一道斜坡，可以讓腳踏車騰空飛起，鄰居弟弟自告奮勇騎著他嶄新的越野腳踏車試飛，只見他在眾多朋友的加油聲中加速衝刺，瞬時拉起腳踏車把手，結果倒栽蔥摔個四腳朝天，哭著跑回家告狀。我們商量後，決定放棄繼續修建跑道的念頭，因為太蠢了……

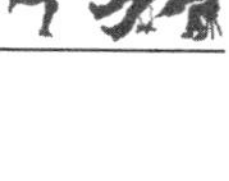

還有啊，大花咸豐草開花的時候，忙碌的蜜蜂、翩翩飛舞的蝴蝶到處都看得到，我們拿著修紗窗剩下的細網製作捕蟲的小網子，空曠的樹林、田野都是我們抓蟲的好地方。抓到的蟲子放進用燒紅的鐵釘打洞的塑膠罐裡，再放些翠綠的葉子，就成了昆蟲飼養箱。飼養箱裡的蚱蜢、蝴蝶死掉了，我們還幫牠們做了小小的墳墓，用冰棒棍立了墓碑。但有個小弟弟竟趁我們回家吃午餐時，把每一個小小的墳墓踢壞，於是我們決定懲罰他，把狗屎埋在小蟲墳墓裡，那坨狗屎還是拉肚子稀泥狀的，只見他又調皮地踢著小蟲墳墓，大腳一踢，整隻拖鞋沾滿了狗大便，呵呵……這些四十多年前的記憶，隨著閱讀【瘋狂科學俱樂部】，慢慢喚醒了存在老男人心中的小男孩。

【瘋狂科學俱樂部】的故事主軸環繞著七個男孩，每個人都有自己的個性與專長，舉凡各式各樣光怪陸離的事，到了他們手上都成了冒險的題材，構成書中一篇篇充滿懸疑與趣味的故事。而其中蘊含了科學知識和科學原理，透過聰明狡黠、古靈精怪的男孩們動手完成每一個看似不可能的設計，讓人不由得佩服他們各司其職、合作無間，以及無限的創意與勇於冒險的精神。

想想，我們小時候一點都不無聊，因為無聊的事大概不會存放在記憶裡那麼久吧！快放下手機與遙控器，翻開【瘋狂科學俱樂部】閱讀，讓你受禁錮的內心也擁有一個「瘋狂科學俱樂部」、一個真正自由的心靈。

名家創意推薦

（依姓名筆畫排序）

陳乃綺（Penny 老師）（兒童實驗科學家）

【瘋狂科學俱樂部】巧妙地將科學知識與生活趣味融入故事情節中，讓我們在閱讀過程中，不僅能學習到科學知識，還能參與這些少年們一場場精采絕倫的冒險，讓人一讀就上癮。

主角們是一群充滿活力和創意的少年，他們不僅善用STEAM相關的技能，更透過彼此的專長和分工合作，完成了每一次的惡搞或冒險。這也讓讀者忍不住想，如果自己也是成員之一，該怎麼做能更好呢？這就是這系列故事讓人覺得趣味的地方。

讓我們一起加入瘋狂科學俱樂部，感受科學的樂趣和魅力吧！

陳瑜（「鏞鏞甫甫親子部落格」版主）

能跟著書中七位充滿智慧和創意的青春少年，一起展開驚心動魄的冒險之旅，簡直比搭雲霄飛車還刺激呢！看似愛作怪的青少年，是勇於挑戰的冒險者，說話極為風趣幽默，沒想到邏輯分析的功力一流，每次看到他們抽絲剝繭的一步步推演，就覺得精采無比！

人物設定鮮明，劇情充滿生氣，每一個場景的敘述都能帶給讀者無窮無盡的想像力。更棒的是，當我沉浸在這一連串追根究柢的探險之餘，還能獲得許多科學知識，讓人一翻開書就欲罷不能，連眼睛都捨不得眨一下啊！

楊宗榮（臺中市國小自然輔導團輔導員、臺中市翁子國小教務主任）

看到七個古靈精怪的少年，彷彿回憶起自己少年期的奇思妙想，一點風吹草動，就能和玩伴在腦海中編織出許多有趣的故事。不同的是，故事中的七個主角在瘋狂科學俱樂部中親自實現想法，隨著故事推進，我們能夠感受到他們的緊張、創意、興奮、意見分歧、合作，甚至沉浸其中，以第八位成員的身分

進入書裡，理解一連串傳說中的科學過程。或許，你也曾想過這些莫名其妙的鬼點子，現在就打開書，看看他們是怎麼做到的吧！

李偉文（親子作家）

【瘋狂科學俱樂部】就是在扣人心弦的故事裡，無形中傳達了一個非常重要的觀念——任何發明創造，需要許多不同個性與專長的人共同合作才能完成。……正因為這些不同的特質與專長，整個團隊才能夠順利完成許多挑戰或純粹好玩的惡作劇。這是一套非常好看的書，在快樂的閱讀中可以引起孩子學習科學的興趣。這股熱情，相信比多上幾十堂補習班的課程來得有價值多了！

張東君（科普作家）

【瘋狂科學俱樂部】中使用到的知識包括物理、化學、數學、生物、醫學、地質等等，追求的是科學性、邏輯性、推理性，培養的是意志力、思考力、創造力、想像力，此外，最重要的，還告訴我們交到一輩子的好朋友是何其有幸！這些因素，就讓這套書從令人拍案的經典青少年小說，化身為絕妙爆笑的科普書，歷久彌新。

曾志朗（中央研究院院士）

少年的生活經驗裡，其實是充滿了好奇與矛盾，很多大人的話相互衝突，朋友之間的故事也常常是前後不一致的。這些好奇與矛盾，可以是挫折的根源，但應用得當，則是啟動科學思維的最佳場景。我很喜歡這個系列，因為主題非常貼近少年的生活，故事的發展也永遠充滿求知尋解的樂趣。我好佩服作者的用心，他真是當代最懂得兒童心理的科普作家。

序

進入想像力的魔法王國

莎莉丹・布林立（作者柏金德・布林立的女兒）

你知道嗎？在我們熟悉的日常生活背後，其實還隱藏著另一個小城鎮喔！城鎮的中央有個熱鬧的市集廣場，四周圍繞著許多老舊的紅磚樓房；商店前面都有遮雨棚，體貼地為逛街購物的人遮風擋雨，而且廣場四周的大樹長得又高又壯、濃蔭蔽天呢！

這時候，整個廣場正籠罩在柔和的夕陽餘暉中，有幾個男孩聚在一旁，唧唧喳喳地說個不停，那些話乘著微風四處飄散開來。你聽見了嗎？原來他們正在吹牛，說昨天的一場冒險有多刺激，也秘密計畫著一場即將要展開的探險旅程喔！

你想參加他們的探險旅程嗎？沒問題。這支探險隊伍即將展開的探險旅程，全都收錄在這本由我父親所撰寫的《飛碟魔幻獸》裡頭喔！在《草莓湖水怪》裡，你已經見識過他們的冒險衝勁了，但這一集裡你將會發現，這些瘋狂科學俱樂部的成員們將不知不覺地逐漸陷入更複雜、更危險的處境。

「強烈的好奇心」是所有科學家必備的特質。這一次正是因為好奇心的帶領，使得這些青少年一開始便意外地和銀行搶匪展開了一段纏鬥。接著，他們幫我們每個人實現了心中的夢想，那就是修復了一艘迷你潛水艇，並且神不知鬼不覺地把它塞進一個秘密石洞。後來，當季節進入夏天，長毛象瀑布鎮熱得半死、大鬧旱災時，他們又運用了科學原理，變身成為造雨大隊！

雖然說要忙著追蹤罪犯，還要懇求天上的雲落下慈悲的雨來，但這個充滿想像力的隊伍還是沒忘記留一點時間，開開鎮上人們的玩笑，而且還狠狠地給惡名昭彰的哈蒙·摩頓上了一課！

不過，事情可沒那麼順利，後頭還有意想不到的驚喜等著他們！原來哈蒙這傢伙也不是省油的燈！而且人造雨的成功，雖然讓他們頗為得意，卻也意外地將他們捲進鎮上的政治紛爭當中，一連串的麻煩也跟著到來！

其實，每一次的冒險行動展開前，父親都會事先下一番研究工夫，如同《草莓湖水怪》裡的七個故事一樣。我猜想，他們修復迷你潛水艇的這一篇〈神秘酷石洞〉，是我父親從日本得到的靈感。一九五〇年代，我們住在日本東京時，經常去參觀橫濱大港以及位於橫須賀的海軍基地。有一次，剛好有一艘迷你潛水艇公開展示，當時我父母正忙著在基地裡洽辦公事，我在潛水艇裡爬上爬下，來來回回玩耍。隨著時間一分一秒過去，我知道已經很晚了，但爸媽遲遲未出現，於是我開始擔心，心想會不會出了什麼事，或者他們根本把我忘了。最後，他們總算回來接我，也讓我終於鬆了一口氣。所以，我認為經過了那次事件，潛水艇的印象一定深深印在我父親的記憶中。

為了蒐集這個故事的資料，他還特地從海軍情報局已解密的刊物中取得一些影印文件，其中便有關於日本雙座式袖珍型潛水艇的說明。這些潛水艇當中，有一艘是「珍珠港型」，也就是一九四一年十二月七日日本偷襲珍珠港、登陸歐胡島的那一型。這款潛水艇長約十二公尺半，寬約一公尺半，還有高約一公尺半的瞭望塔。我猜想，故事中瘋狂科學俱樂部成員所修復並藏於水下秘密石洞的迷你潛水艇，就是以這款潛水艇為樣本。

在另一個故事中，大出鋒頭的可不是瘋狂科學俱樂部的成員，而是一隻叫做凱撒·比爾的德國牧羊犬，牠其實就是我們家養的第一隻狗「波波」的化身。當年我們在德國買下牠時，牠才剛出生不久。後來，不管我們一家人搬到哪裡，都帶著波波一起去，包括奧地利、美國的麻薩諸塞州、紐澤西州、加州、紐約州，還有日本及巴拿馬。故事中的凱撒·比爾無所不能，雖然有點誇張，但是就像我們的波波，真是棒得沒話說。

故事中，凱撒·比爾的主人——查克·波尼菲，再次和他那號稱「轟轟理查」的夢幻卡車一同出現，他們在〈飛碟魔幻獸〉這一篇故事裡扮演了吃重的角色。這個故事是從那些盛傳在六、七〇年代的幽浮傳說聯想而來。我猜想，父親一定也常常想像，如果自己能夠坐在長得像碟子的飛行器裡遨遊天空，一定很好玩，而且肯定還會引起人們和空軍的慌亂。他了解圓球體的結構，其實是又輕巧又堅固，而且不難製造。所以隨著這些瘋狂科學俱樂部的青少年們，讀者又將要展開另一段探險的旅程了。

當銀河覆蓋天空，整個城鎮籠罩在銀色星光之下，一閃一閃的星星在地平線那端跳舞，像是被風吹著，一會兒高高飛起，一會兒又低低落下，亮光忽明忽滅，它們真的是天上的星星嗎？或者一切都是想像力的魔法？打開這本書，當你隨著長毛象瀑布鎮的瘋狂科學俱樂部進入想像力的王國時，你就會找到答案！

二〇〇二年，寫於維吉尼亞州阿靈頓市

瘋狂科學俱樂部

飛碟魔幻獸

目錄

瘋狂科學俱樂部②

飛碟魔幻獸

—推薦文—

—序—

地震的真相

亨利·摩里根這傢伙，可說是全身每個細胞都充滿了探究科學的好奇心。不過，有時他的好奇心可是會害我們倒大楣的！就拿這一次來說吧，費迪·摩頓和丁奇·卜瑞就是因為隨著亨利的好奇心起舞，而意外地被搶匪綁架了。

老實說，亨利其實是蠻厲害、很有遠見的，而且總是能源源不絕地想出新鮮點子，好讓瘋狂科學俱樂部的大夥兒在放假的時候有事可做。上次復活節時，學校放了大約十天的假。他很早就計畫好了，想要利用那個假期研究一下長毛象瀑布鎮這一帶的地層震動情形。傑夫·克羅克家的穀倉就是我們俱樂部的基地，頭幾天我們全都待在那兒，根據亨利的設計，花費不少功夫製造地震儀，並且校正好記錄紙滾筒的刻度。要製作出一個地震儀並不是太困難的事，但測量地層震動到底有什麼好玩的，我們可就滿肚子問號了！

大部分的科學實驗都可歸納為兩大部分：「動腦」與「動手」，前者通常佔很小的比例，後者則是代表著許許多多做不完的苦差事。在瘋狂科學俱樂部裡頭，工作也是這樣分配的，亨利和傑夫幾乎包辦了所有需要動腦筋、思考的工作，剩下的我們幾個就只有做苦工的份了。

這次的地震測量實驗也不例外。為了取得長毛象瀑布鎮這一帶地層震動的完整記錄，亨利必須選出幾個適當的地點來放置地震儀。最後他決定，俱樂部基地裡應該放一個，作為中央監測站，而且他和傑夫也將在這裡分析所有取得的記錄。我們所製作的其他三個地震儀則要放在三個不同定點，並形成一個包圍著市鎮中心的三角形。

正如我所料，亨利選擇的三個地點可真了不起。就像我前面說過的，他和傑夫只負責動腦筋想點子，一點都沒想到做起來會有多麻煩。總之，我們其他幾個只得想辦法完成，不僅要實際去架設儀器，然後還要每天去更換記錄紙，並取下前一天的記錄帶回去給亨利。

我們在布瑞克山的山頂裝設了一座地震儀，另一座則裝設在西區草莓湖邊一座廢棄採石場的地面上，第三座地震儀則放置在位於印地安山頂社區廣場的主席石板椅上。為此我們還得先向當地教會裡一個叫做「寶嘉康蒂公主的女兒們」的婦女團體申請，雖然社區廣場並不屬於她們，但那兒是她們每月舉行會議的地方。這些女士們很熱心地答應了我們，因為她們覺得有義務支持科學精神。然而，我猜想，她們應該也沒什麼大不了的事，非得每個月都舉行會議。

我們很小心地調整每一座地震儀，以確保掛有鉛錘的主軸保持水平，然後還要調整記錄臂的張力，這樣它在記錄紙上畫出的記錄線才會正確，而且不會干擾到主軸的晃動。光是要完成以上這些步驟，可就得費不少功夫，所以最適合由荷馬．斯諾格和莫泰蒙．達倫坡來包辦，因為他們算是比較有耐心的人，而且也喜歡做這類枯燥麻煩的小事，像是解剖蒼蠅、焊接電晶體之類的。而費迪、丁奇和我就不一樣了，我們適合做大事，像是搬大石頭、挖地洞、砍樹啦這一類的。費迪總是說，這是因為我們天生就是屬於胸懷大志這一型的。

總之，當荷馬和莫泰蒙忙著搞定每一座地震儀時，我們三個就只是坐在一旁打屁聊天，等到他們確定那玩意可以順利運作後，就輪到我們的大工程上場，我們的工作就是：在那儀器上搭一個簡易帳棚，這樣就不怕風吹雨打了。

比較起亨利以往提出的許多其他實驗，這回的實驗看起來真的很無聊，因為到目前為止，我們的收穫只有快要跑斷的雙腿，以及渾身通紅的曬傷。我們每天都要到三個地震儀放置地點去更換記錄紙，然後將紙面中央部位畫有彎彎曲曲線條的三捲記錄紙帶回來。每天完成這些例行公事回來的時候，都差不多傍晚了。我們渾身熱爆了，簡直累到不行。但是同樣的一整天裡，傑夫和亨利卻只是坐在俱樂部基地，輪流講笑話，還吃著傑夫從他家廚房偷來的蘋果派！

「喂，大頭仔，可不可以拜託你說清楚、講明白，你要我們每天這樣累得像條狗，到底是在耍什麼把戲？」有一天下午，費迪用力地一屁股坐到一個水果木箱上，一邊抹去臉上的泥巴和汗水，一邊說。

「要我說明當然沒問題啊！」亨利不慌不忙地從他正埋頭研究的記錄圖上抬起頭來，一邊還將眼鏡推到額頭上說：「但問題是，你聽得懂嗎？」

「不說來聽聽，怎麼知道我不懂？」費迪不甘示弱地回答。

「好吧！那些被你叫做鬼畫符的扭曲線條，代表了這個地區的地層在二十四小時內的每一次震動；將四個地震儀的記錄合併之後，我們就可以得到一個很完整的記錄，包括每次震動的強度以及震動的方向等等。」

「那又怎樣？有誰在乎這個呢？」費迪邊搧風邊回應。

「關心的人可多著呢！」亨利說：「有一天我們鎮上可能會有個大地震也不一定，誰知道呢！」

「了不起喔！」費迪說：「到時所有的建築物就會全都夷為平地，然後我們就會知道是因為地震造成的喔，是不是這樣啊？」

「拜託！你這個死胖子別再惹人厭了，可以嗎？」躺在一旁地上的莫泰蒙加入戰局說：「老實說，有時候我覺得你根本就不懂什麼是科學耶！」

「呦，是嗎？」費迪說。

「沒錯！」莫泰蒙說。

然後接下來的幾天，他們就老是繞著這話題打轉，吵吵鬧鬧，沒完沒了。

但不可否認的，亨利和傑夫也的確從我們所帶回來的記錄圖中發現了許多訊息。透過他們兩人的解說，我們對這次的實驗也漸漸產生了興趣。他們將其中一組圖貼在牆上，準備等學校開始上課後，把這幾張圖拿到科學課堂上去炫耀一番。那時鎮上考佩街的新橋工程正在進行，為了在檸檬溪建造橋墩，使用了工程炸藥。所以我們從這一組記錄圖的線條可以想像出，當每一次炸藥爆炸時，畫下這些線條的地震儀記錄臂一定是被震得上上下下晃個不停。因為每部地震儀裡頭有個裝有電池的小馬達，以每小時二．五公分的速度來捲動紙捲滾筒，所以我們就可以根據記錄紙上的曲線，計算出每一次炸藥爆炸的時間、震動傳達所需要的時間，以及地震儀接收到的震動強度有多大等等。

不過，最教亨利得意的卻是另一項發現。他說，從這些記錄裡可看出，發電廠每天傍晚以及深夜開關備用發電機時，所引起的地層震動。亨利的說法是，炸藥爆炸是每個人都可以輕易用耳朵聽出來的，但是要偵測發電機的開啟與關閉的時刻，卻需要很精密的儀器才可以辦到喔！

後來，甚至連費迪和丁奇也都對這個實驗著了迷。費迪原本就是個想像力豐富的人，這時更是充分發揮他作白日夢的本領；他甚至想到打仗時，軍隊可以利用我們的地震儀，來判斷坦克車在多遠的地方等等。每次他提到這些時，丁奇總是忍不住笑彎了腰，抱著肚子死命地嘲笑他。但是費迪堅稱這和印地安人的手法沒什麼兩樣，就好像他們也會把耳朵貼在地面上聽，然後判斷老是追著他們不放的騎兵隊距離有多遠是一樣的。

到了星期四，當我們從各個記錄站把記錄圖給收集回來的時候，我們發現原本貼在牆上的記錄圖都被拿了下來放在桌上，亨利和傑夫兩個人的頭幾乎是貼在桌面上，非常認真地研究著。看見我們走進來，亨利馬上從我手上把最新的資料一把搶了過去，然後興奮地攤在桌上看。

「傑夫，你看！就是這裡，又震動一次了！」他手裡比畫著圖上的線條喊著。我們全都圍到桌子旁，去看看亨利到底在興奮個什麼勁兒。他手指著記錄圖邊緣的時間刻度說：「你們瞧，這次又是同樣的時間，從午夜十二點開始，到清晨四點結束，你們覺得這會是什麼？」

傑夫用手抓了抓頭，眉毛也都皺在一起，說：「亨利，我真搞不懂耶，這真的挺詭異的！不過，也可能只是巧合而已啊！」

「連續三個晚上都一樣，這絕不可能只是巧合！」亨利回答。

「我什麼也看不出來呀，除了這一堆歪歪斜斜的線以外。」費迪說。

「閉上你的大嘴巴！」莫泰蒙說。

亨利在圖上指出的是一連串相當微弱的震動，也就是記錄器上的感應臂感受到輕微震動，而在記錄紙上畫了出來。它並不具有固定的震動頻率，但全都是在半夜的幾個小時內發生的。亨利將過去三天的記錄並排攤開在桌上，這樣一來我們就能夠很清楚地看見，那些代表每一次地層震動的微小突起線，在每天同樣的一段時間內不斷出現；等時間一到，這些震動就全部停止了，就像是有人把什麼開關給關上了似的，這之後的記錄線再度恢復成一條平坦的直線。

我們完全找不到這些震動的發生帶有任何的頻率模式或規則，它們只是在這四個小時內不規律地發生，然後就消失得無影無蹤。

「這可稱得上是一件神秘事件囉！」亨利這樣說：「如果這些震動是由某種機器、或是任何機械性的東西所造成的話，應該就會有某種規律的發生頻率，或是有某種震動模式。但是，我們現在所發現的這個震動卻只能歸納出一個模式，那就是它總是從午夜十二點開始，然後在清晨四點時完全停止。」

「這真的不是普通的詭異！」莫泰蒙這樣說。

「也許是一個酒醉的人跌跌撞撞地從酒吧走回家，然後每走兩步路就會跌個狗吃屎！」費迪說。

「別鬧了，費迪，你給我閉嘴。」傑夫警告他說：「這個喝醉酒的人總不可能每天都會剛好花上四小時才走到家吧！」

「你真該去參加電視的綜藝節目！」丁奇笑個不停：「你一點都不輸給那些搞笑的演員耶！」

「好了，各位喜劇高手，」亨利打斷他們的話，插嘴說：「我想費迪說的也不是完全不可能喔，他很可能說出了這次事件的關鍵核心呢！」

「你是什麼意思啊？」傑夫問。

「我是說，不管是什麼造成這些微弱的震動，總之，比較像是人為的。」亨利回答：「不管費迪這個酒鬼摔到地面的推論是怎麼來的，總之這代表他開始動腦筋了，也許真的會有幫助也不一定，我們其他人也用力來想一想吧。」

「好吧，現在每個人都給我安靜下來，好好想個五分鐘。」莫泰蒙大聲命令大家。

「我們要想的是，有誰會在那麼晚的時間還醒著不睡，而且有什麼事情是他非得在這段時間內做，而不能在白天其他時間做呢？」亨利進一步說明。

「也許是守夜的人！」丁奇說。

「不可能。」傑夫說：「大部分巡夜的人都很安靜、手腳很輕的。」

「那麼，撿垃圾的人呢，可不可能是他們呢？」荷馬說：「因為他們總是拖著回收的瓶瓶罐罐到處走，發出喀啷喀啷的聲音。」

「他們不會那麼早出來，」亨利說：「更何況他們也不會做出像地震般的動作啊！」

接著，我們看到亨利把他的鋼琴椅往後搖晃、來回敲打在牆上，頭抬高、眼睛瞪著屋頂的橫樑看。於是，大夥兒嘴巴都閉了起來，全場鴉雀無聲，我們知道亨利的腦筋正在快速轉動，每個人都坐了下來，等著亨利完成思考。

當鋼琴椅用力地落定到地板上而不再晃動時，亨利的眼睛發出銳利的一閃，我們馬上知道，那代表著他的腦袋瓜已經想出新點子了。接著，他慢慢走到貼有長毛象瀑布鎮地圖的那一面牆。

「我想我們可以將這個問題稍微縮小範圍，」他低聲地說：「雖然不能從我們的記錄上判斷造成這些震動的原因是什麼，但是我們卻有辦法根據這些記錄找出震動發生的地點。」

「亨利，萬歲，太棒了！」丁奇大聲叫喊著，好像已經聞出空氣中充滿了一股冒險即將展開的味道。「然後我們就可以偷偷溜進那個地方，看清楚到底是在搞什麼神秘的勾當！」

「說得好！」亨利說：「那麼，現在就開始工作吧！」

當亨利說「工作」時，他指的就是動腦思考的工作，所以丁奇、費迪和我當然就自動消失，溜去釣魚了。其他動腦筋的人就和這些記錄圖以及亨利的陽春電腦繼續奮鬥。

到了晚上，我們才回來基地。整個現場各種紙片、資料四處飛散，小鎮地圖上面被畫上了許多紅色的圈圈和線條，標示出我們放置測震儀器的地方，同時也有許多條直線交會在市區中心。在另一片牆上，有一幅更大、更詳細的長毛象瀑布鎮地圖，亨利已經在上頭畫出一個紅色的大圈圈，覆蓋了整個市中心商業區三分之一以上的範圍。

「根據我們的分析，那些震動大概就是從這個區域裡的某個地方產生的，」他一邊說，手指還一邊在圖上繞著這個範圍畫圓圈：「現在，讓我來宣佈我們的計畫！」不過在他開始說明以前，傑夫．克羅克先是很像一回事似的，拿起他的議事槌在他用來當作主席台的水果木箱上，咚咚地敲了幾下，還將門給鎖上，把窗簾拉下，接著瘋狂科學俱樂部才正式開起了秘密會議！

當天晚上深夜，我從我房間窗戶外牆上的排水管滑下來，偷偷溜出來，然後在丁奇家的後巷，和丁奇以及費迪會合。那時已經接近午夜十二點了，我們穿過幾處空盪盪的停車場，也小心地繞到無人的後巷小路，一路往市中心走去，以免被人家看見我們大半夜還在街上溜達。我帶著一個攜帶式無線電對講機，這樣就可以和基地的人保持聯絡，亨利和傑夫都待在那兒監控地震儀。丁奇則帶了一個無線電發報器，綁在他的後腰帶上。這個發報器會一直發出規律

的電子訊號，以防萬一我們無法用對講機通話時，亨利和傑夫還是可以隨時知道我們在哪兒。因為我們基地的接受器上有支可接受訊號的天線，而且荷馬和莫泰蒙也帶著另一個接受器到印地安山的地震儀那兒，所以透過兩個接受器接受到的訊號，任何時候他們都可以計算出我們所在的位置。

我們盡可能安靜地溜進市中心的每一條街道，每走幾公尺就得停下來拉長耳朵努力聽，然後還將手輕放在地面上，感覺看看是否有任何的震動情形。這些動作進行得很慢，所以亨利會不停地從對講機呼叫我們，指揮我們快一點前進，或是該換到下一條街了。當我們走到傑明森百貨公司後面那一條狹窄、鋪著鵝卵石的巷子時，我們聽到了教人吃驚的聲音，全身血液馬上都凝固了。那是一連串沉重、低啞的重擊聲，每一次聲響之間約有一秒鐘的間隔。

「我的媽呀！」費迪說。我們全都原地站住不動，眼睛與耳朵也全都用力張大，全面戒備起來。

一會兒，重擊聲停止了。我們在黑暗中，屏氣凝神地等待，過一會兒，它又開始了。接著，丁奇非常小心地往前繼續走，只見他那長著一頭亂髮的頭慢慢往前挪，他停下來一會兒，專注地聽了一下，然後將手臂圈成一個拱形，表示一切沒問題，示意我們可以往傑明森百貨公司的後牆轉角走去，那兒有一座升降梯。我們在那兒等了幾分鐘，四周非常的暗，而且是那樣的安靜，幾乎可以聽到汗水從費迪的額頭上滴到鵝卵石地上的聲音。

當重擊聲再度響起時，丁奇也往升降梯的轉角移動，我們緊跟在後。就在此時，亨利用對講機呼叫我們：「總部的大頭仔呼叫，聽到了嗎？」我將手圍起來圈在對講機的話筒邊，用最小聲的音量簡潔地對他說：「安靜！閉嘴！」然後，我就把那玩意兒的電源給關掉了。我們慢慢地貼著有升降梯的這面牆前進，繞過轉角一直來到建築物的另一面。在這兒，我們清楚地看見，其中一個地下室的窗戶上流洩出一絲微弱的燈光。

「哇塞！不會吧！」費迪說。

「那裡頭一定有人。」丁奇將手圈在我的耳邊低聲地說：「我們再來該怎麼辦？」

「無路可退了，」我也低聲回答他：「去瞧個水落石出吧！」

丁奇點點頭說：「等一下，等到那些轟隆聲再響起時才行動。」於是當敲擊聲再度響起時，丁奇趴了下來，像隻小狗似的四肢著地，低頭爬到那個地下室的窗戶邊邊。那窗戶裡邊用一個粗麻布袋遮著，但是左下角的麻布袋邊緣剛好捲起了一小塊，所以微弱的光線正好從這一個小角落透了出來。丁奇偏著頭，把一隻眼睛緊緊地貼到窗戶角落，往裡頭認真地瞧。當他把頭伸起來時，他像個瘋子似的用力向我招手。所以我馬上就跟著爬過去，往窗子裡偷看。

那個地下室裡共有四個人，其中一個人手上正拿著一盞煤油燈，高高舉起到大約肩膀的高度，另一個則坐在木箱上抽著菸，另外兩個正各自握著一把大鎚和鐵撬棍，砰！砰！砰地輪流敲打一面牆，那牆上已經被挖出好大一個洞了！我抬起頭來，四處看看這巷子四周，再次確定我們現在的位置。我判斷的果然沒錯，傑明森百貨公司的隔壁正是「長毛象瀑布信託儲蓄銀行」！

我看著丁奇，然後他也看著我。就在此時，敲打聲停止了，我們兩個都把眼睛貼到窗子上。原本抽菸的人已經從木箱上站了起來，而且走到牆邊。他從一個木盒中拿出三個淡黃色的橢圓形東西，然後將它們塞進牆洞的最深處。那

個洞一定非常深，因為他鑽進去半個身子直到腰部。當他從洞裡頭爬出來後，其他人就開始將許多泥塊、破磚塊塞進那個洞裡，最後還用一些水泥封住洞口。然後，他們全都坐下來，並點起了香菸。

我們屏氣在黑暗中等待，大約過了一、兩分鐘，依舊沒有任何動靜。我慢慢爬回到有升降梯的那面牆，並試著透過對講機呼叫亨利，當話筒剛傳來他的回應時，卻同時響起一聲低沉的爆炸聲，我可以感覺到牆壁震了一下，我的屁股也從鵝卵石地面彈起了兩公分左右的高度，然後又重重地跌坐回去。

「老天！那到底是什麼？」亨利對著對講機吼叫：「記錄器的指針剛剛畫出了半天高的記錄線哪！」

「我想那是爆炸聲，」我努力壓抑劇烈的心跳，回答他說：「在傑明森百貨公司的地下室有幾個男人，他們在牆上挖出了一個好大的洞，通往銀行。」

「快去報警！」亨利叫嚷：「我們也會試著從傑夫家打電話去警局。」

於是，我又順著升降梯這面牆往回走，想要去和費迪及丁奇會合。但是卻不得不停下腳步，因為遠遠地我就看到一個身材高大的男人正從另一頭陰暗處

走出來，一下子就抓住他們兩個的衣領，拎起了他們，當時他們兩個還趴在地上，從窗戶的邊緣往裡頭專心地偷窺著。

「放我走，你這隻大恐龍！」費迪大聲喊叫，試著掙脫那男人的控制。

「安靜，別叫！小胖子。否則我就在這牆上壓扁你的頭！」那個男人用粗啞的聲音兇狠地說。

我沒有時間留下來聽他們後來的對話，趕緊安靜地爬回到原來的轉角邊，然後拔腿就跑，以最快的速度衝到巷子口，往警察局跑去。這時剛好有一部車，往我這邊慢慢地倒車，而且沒開車燈，司機看到我飛跑過去的時候，猛地踩了一下煞車，然後我聽到他開車門的聲音，但是我可沒傻到要停下來讓他抓住我。我只是沒命地跑著，接著一轉身來到了核桃街，我清楚地聽見有腳步聲在後面追著我。但是當他追到巷子口時，我早就已經轉了彎，而且跑過了半個街區，不見了身影，所以他也沒再繼續追我了。

接下來的十五分鐘，就像是做惡夢一般。在這種惡夢裡，你常常想要大喊救命，但無論如何就是叫不出聲音。此時我腦海中唯一出現的，只有丁奇和費迪在巷子裡和那個大怪獸抗爭的畫面，雙腿好像不是我的，全速地快跑著。接著，好像奇蹟似的，一回神我已經置身在六條街外的警察局門口了。但是警察局的門是關著的，而且只有值班桌上的一盞小檯燈亮著，值班管區警察比利・道爾的兩隻腳翹在桌上，但是他的頭在燈光照不到的地方，所以我看不見。

我奮力搖動大門，還死命地用拳頭咚咚咚地敲打，像個瘋子用力喊叫。但是他的腳仍然一動也不動，這時我聽見了警局裡頭的電話鈴響了，那一定是傑夫和亨利打來的，但是比利・道爾的打呼聲實在太大了，他根本沒聽見電話鈴響。最後不得已，我拿起一塊大石頭，用力往側面的玻璃窗丟進去。你可以想像，那真是震撼的一擊，比利・道爾嚇了一大跳地從他的旋轉椅上跳起來。他看起來就像是一個被拳擊手打了一拳的人，頭昏腦脹、搖搖晃晃地站起來要去接電話。結果他一不小心撞到桌子，檯燈飛了出去，掉到地板上，整個辦公室剎時變成一片漆黑。接著，他摸索著要去找電燈開關，我聽到他不停的咒罵聲，以及一直被各種東西絆倒的聲音。

當他最後終於打開電燈，然後為我打開門時，我知道他一定會要我先解釋

清楚這一切，所以我決定先發制人，讓他沒有發問的機會。

「馬上打電話給普特尼警長，快點！」我在他還沒反應過來以前，就先大聲說：「有人搶銀行了！」

「搞什麼鬼啊？」比利邊揉眼睛，邊喃喃自語地說：「搶銀行的是不是剛剛對著這窗戶丟石頭進來呀？」

「別管什麼石頭了，比利管區大人！」我一邊推他走到門邊，一邊向他解釋：「那石頭是我不得已丟進來的，你睡得那麼沉，我在門外根本叫不醒你。請你馬上打電話給警長，費迪和丁奇都還在銀行的後巷裡，而且……」

比利在桌子的抽屜裡亂翻一通，我拿起電話給他：「來，快撥電話給警長。」

「這可沒辦法，」比利含糊不清地說，又把電話推回桌上：「我不記得警長家的電話號碼，那該死的電話本跑哪兒去了？」他繼續在桌上到處找。

於是我乾脆拿起電話，自己打給電信局總機。

「請幫我接通警察局，」我說：「我有緊急事件！」

我聽見她撥號的聲音，然後回答我說，很抱歉目前該電話佔線不通。

「總機小姐，請繼續再撥，拜託你，這真的很緊急！」

「好吧！」她說：「我會試著繼續幫你撥通，然後再回撥給你，你是在哪兒打的電話呢？」

「我從警察局打的。」我說。

接著有幾秒鐘的沉默，然後她說：「這也許就是電話佔線的原因吧！」

「啊，總機小姐，真抱歉！」我向她道歉：「我要打到普特尼警長家。」

「你有他家的電話號碼嗎？」

「沒有。」

「那我幫你接到查號台。」

這就是事情一路的發展，等到我們把普特尼警長從床上挖起來，並用巡邏車把他拖到傑明森百貨公司後巷的時候，那兒早就安靜得像個墓園似的，而且當然也沒有丁奇和費迪的影子了。

「我敢打賭，他們一定被綁架了！」我哭喊道。

「孩子，輕鬆點，」普特尼警長用他那緩慢、一絲不苟的聲音說：「我們先不要急著下結論。」

兩個警察人員進入了傑明森百貨公司的地下室，然後回來報告說，那裡頭有個大洞，大的足以讓一個人爬進去，而且直接通到長毛象瀑布信託儲蓄銀行的金庫裡。

「金庫已經差不多被洗劫一空了，」其中一個警察說：「但是到底被拿走多少，還很難說。」

「真虧他們想得到這個辦法！」比利．道爾說。

到這時候，我才猛然想起，我還沒告訴亨利和傑夫到底發生了什麼事。在這段時間內，傑夫不曾間斷地一直嘗試和我連絡，所以當我再次打開對講機開關呼叫他時，他聽起來就像是個快發狂的老媽媽。

「你們在這過去的十五分鐘內，到底幹了什麼好事？還有啊，你幹嘛要一直往城西跑？」

「我並沒有跑往西區去，我人就正在銀行後面的巷子裡。」

「那好，到底是發生了什麼事情？我們不停地接收到發報器發出的嗶嗶聲，顯示你們人是在白叉路上，大約從十分鐘前開始，你們就是一直往西邊移動的啊！」

「那是丁奇和費迪。」我說：「我想，他們被綁架了。」

「綁架！少瞎掰了，你以為在演連續劇嗎？查理，快點老實說，到底是怎麼回事？」

「傑夫，我說的都是真的！」接著我把那個高個兒如何抓住丁奇與費迪，還有在巷子裡倒退的車子的事，全都一股腦兒地告訴他。

「普特尼警長也在那兒嗎？」傑夫問，我告訴他沒錯。「告訴他，我們已經推算出發報器的所在地了，如果說那個發報器還綁在丁奇的腰帶上，而且丁奇也真的被歹徒給一起帶走的話，那就等於說，我們已經知道那些銀行搶匪現在在哪兒了！」

於是我趕緊跑到傑明森百貨公司地下室，迫不及待地抓住普特尼警長，把傑夫剛剛說的話一字不漏地轉告他。一開始，他似乎完全沒聽懂我在說什麼。

「為什麼你們這些小孩不乖乖地聽話，別好管閒事，否則就是干擾警方辦案哦！」他有些不耐煩地說：「總之，這個時間你應該好好躺床上、在家睡覺才對吧！」但是比利警察提醒他說，要不是我死命地跑到警察局，到現在他們也還不會知道銀行已經被洗劫一空了。

「我想，比利你是對的。」警長說：「但是，我這輩子可真還沒見過，比他們這幾個還愛搗蛋的孩子呢！總有一天，我一定會去搞清楚，到底是為什麼，每次有事情發生時，他們總是會出現在現場呢？」

「亨利說，如果你可以派一部巡邏車到傑夫．克羅克家的穀倉，那他就能夠隨時告知巡警發報器的訊號位置。這樣一來，你們就可以透過巡邏車的無線電，將情報發送到整個警察通訊網上啦！」

「好啦，好啦，算我服了你們了！」普特尼警長一隻手無奈地拍打在他的額頭上，然後命令一部巡邏車即刻從警局出發，前往傑夫．克羅克家的穀倉。接著他命令高速公路上的交通巡警要提高警覺，並要求他們在長毛象瀑布鎮周圍設置臨檢路障，形成一個包圍網。

「你不通知聯邦調查局嗎？這可是一件綁架案耶！」

「查理，我拜託你，隨便到什麼地方去睡覺了，好不好？」警長一副像是要揍人的表情，對我大吼大叫：「我可不願意因為毆打小孩，而必須下令逮捕我自己！」

就在此時，一部從警局派出來的巡邏車，閃爍著車頂警示燈，配上警笛尖銳的嗚咿聲，剛好開進巷子裡。車子停下來，裡頭的一位警官把頭伸出車窗。

「剛剛從另一部巡邏車得到消息，」他說：「他們說搶匪的車已經不再往西邊移動，而是停在草莓湖西邊的山丘上。他們怎麼會知道車子的行蹤呢？」

「是神奇的黑色魔術！」普特尼警長說：「因為我剛剛抓到了其中一位魔術師！」

「是誰啊？站在那邊的小鬼頭嗎？」

「你猜對了！讓他上你的車吧，這樣他就不會亂跑了。一有機會，你就叫人打電話給他的父母，好讓他們放心。走吧，我們得馬上行動。」

於是警長的車子發出警笛聲，一路朝向白叉路駛去，頓時沒入黑夜裡。我坐的這部警車也緊跟在後頭出發，在車子往前衝出的瞬間，坐在後座的我，整個身子幾乎是被往後拋，用力地撞上車椅靠墊呢，可見警車速度之快。現場只留下兩個警長的手下來看守銀行金庫。

就在同一時間，在草莓湖附近的山丘上，丁奇和費迪也明白自己剛剛被推入一間小木屋裡頭，手腳被綁住，被限制了行動，嘴巴也給捂了起來。他們兩個都是在銀行後巷時就被矇住了眼睛，所以並不知道自己到底是被帶到哪兒去了，也不知道到底是什麼原因。但是他們可以感覺到，剛剛有段時間，車子一路往上爬行，是一段彎彎曲曲的路。而且丁奇也聞到了槍油以及煤油的臭味，他猜想，他們可能是在一間小獵屋裡。在廢棄的鋅礦場及石灰岩礦場附近，就散佈著好些個這類的打獵小木屋。推他們進小木屋的兩個男人，把丁奇他們兩人拉到牆邊的一張雙人睡鋪前，然後把他們兩人牢牢地綁在一根床柱上。當那兩個男人走出去，小木屋的門砰地一聲關上後，丁奇扯了扯他的手肘，去碰觸費迪的前胸。

「唉，好痛耶！」費迪大喊。

「我很慶幸他們沒有拿走我的無線電。」丁奇刻意壓低聲音說。

「那又怎麼樣呢？有什麼屁用嗎？那無線電是什麼玩意？」沒想到那個身形粗壯的大個子一腳踢開門，又走了進來。

「沒有啦，只是個舊收音機，」丁奇說：「因為那是我妹妹的東西。」

「對了，剛剛抓他們進來時，我看到那個小孩腰帶背後好像綁著什麼東西耶！」另一個男人說。

「不管那是什麼，都把它給拿過來吧！」高壯的那個人說：「說不定對我們剛好有用！」

「拜託你們不要拿走，我妹妹還不知道我把它給偷拿出來了！」丁奇哇啦哇啦大叫著，還扭動著全身，靠著床柱的背脊一直在搖動著。

「是啊，那可真是糟糕囉！」高壯的男人粗啞地說。當他解開丁奇褲頭上的皮帶時又說：「這就是給你一個教訓，叫你以後別多管閒事！」

高個兒男人把無線電發報器用力丟進從銀行金庫偷來的一個錢袋裡頭，然後這兩個人就離開了，走時還用力地把門碰地甩上。

「你是不是大笨蛋啊？」費迪聲音低沉，氣憤地說：，「這下子，永遠也不會有人知道我們在哪裡了！」

「但是，他們還是可以追蹤到錢在哪裡啊！也會馬上發現這些搶匪的！」丁奇咯咯地竊笑。

不一會兒，他們聽見外頭有車子發動的聲音。車子從木屋的正後方開了過去，只走了一下下，引擎聲就停止了。

「也許他們沒油了。」費迪說

「才不是呢，」丁奇說：「再聽一下。」

突然間，他們聽到了樹枝折斷的聲音，接著是一聲巨大的撞擊聲，然後是一陣霹哩啪啦，更多樹枝折斷的聲響，最後是金屬撞上石頭的尖銳摩擦聲。

「哇賽！他們一定往峭壁懸崖底下開過去了。」費迪說。

「你閉嘴！」丁奇推推費迪的前胸，警告說：「他們隨時都可能會再回來，他們剛剛是把車子給推落到山谷下去了。」

「為什麼呢？他們真是笨啊！」

「拜託，你沒聽說過嗎？沒有常識也要常看電視嘛！」丁奇諷刺他說：「搶匪通常都會把作案時用來離開犯案現場的車子給丟掉，因為那部車是警察追蹤的對象。」

「可是，那再來他們要怎麼辦，用走的嗎？」

「才不會呢，他們八成早已經在這林子裡藏了另一部車。」

丁奇和費迪大氣也不敢喘一口地等待著，用心聽著木屋外的動靜。但是，時間一分一秒過去，卻再也沒有傳來任何聲音，樹林裡一片寂靜。

但是在克羅克家的穀倉這頭，亨利和傑夫仍然能夠清楚地聽到，由發報器所傳送回來的嗶嗶聲。放有發報器的帆布錢袋是由其中一個搶匪揹著，但是因為它隨著搶匪走路的步伐前後擺盪著，而且移動的速度非常緩慢，所以很不容易判斷它所前進的方向。亨利向代表警長前來穀倉的兩位警官說明情況，然後在地圖上指出他所認為可能的方位：搶匪們似乎往廢棄的鋅礦場那邊去了。

「也許他們計畫要躲在礦場裡，等待風頭過去再出來。」傑夫說。

「如果這真是他們的計畫，那我們很快就要給他們來個措手不及的驚喜！」

其中一位警官說，然後走出穀倉來到車子裡，透過無線電找到普特尼警長。

這時候，丁奇已經不聲不響地扭動全身，鬆開了被綁在床柱上的繩子，然後輕鬆解開了費迪身上的繩子。

「你是怎麼辦到的？」費迪小聲地問：「我的手腕被綁得很緊，根本就動彈不得。」

「這沒什麼難的啊！」丁奇說：「當人家在綁你的時候，只要將你的肌肉盡量繃開，並且撐住，然後等到你放鬆肌肉的時候，繩子就會是鬆鬆的狀態，那時你就可以輕易解脫了！當然，你得每個步驟都做對了，才會成功！」

「你是在哪兒學到這招的啊？」

「我是在一本關於胡迪尼的書上看來的。」

「那是什麼……什麼故事的書啊？」

「是關於胡迪尼的，胡迪尼是一個人的名字！」

「哦，我知道了，是神秘的印地安英雄的故事囉，是吧？」

「拜託，才不是呢，他是道地的美國人，而且是個真正偉大的魔術師。」

「好啦，不管這些了，那我們現在要怎麼辦呢？」費迪問。

「現在，我們沒了發報器，而且要走回市區去也太遠了，所以我們就來升起一股烽火，好讓人們知道我們在這兒。」

「那麼，那些搶匪怎麼辦？」費迪問：「說不定他們也會看到烽火，跑回來揍扁我們呢！」

「我想不會，」丁奇說：「他們現在應該正使盡全力要逃離這個鬼地方，才不會有閒功夫回到這兒來。」

「那我們要怎樣起火呢？我們可沒有火柴呀！」

「我有把小刀，」丁奇說：「有這個就夠了！」

「是嗎？好傢伙，就用一把小刀來起火！」費迪說：「又是從你的偶像胡迪尼學來的技倆嗎？」

「錯！」丁奇覺得受到了侮辱：「這回是神秘印地安人的把戲。」

丁奇的確是個會用刀的高手，沒一會兒功夫，他已經從一棵樺樹的樹枝上削下一截具彈性的弓形木棒，並且從樹幹剝下一長條樹皮，搓成一條繩子，分別綁在弓形木棒的兩端。然後，他拿起在小木屋裡撿到的一片薄木板，在上頭挖出一個小洞；又把一小截松樹枝雕刻成帳棚樁釘大小、底部鈍鈍的木鑽。他要費迪幫忙，找到一根堆放在小木屋後頭的大木塊，從裡面挖出一些乾燥的木屑作為火種。這樣就一切準備就緒，可以來起火了。

「我祈求，萬能的大魔術師，請賜給我們火吧！」費迪搖來晃去，像個巫師般跳個不停：「我快冷斃了喔！」儘管費迪比我們其他人都胖，全身裹著一層厚厚的脂肪，但他仍然是我們這群人裡最怕冷的一個。現在坐在小木屋冰冷地板上的他，牙齒更是上上下下、喀吱喀吱顫抖個不停。

丁奇跪在地上，一隻腳壓住那片扁平的木板，把綁在弓狀樹枝兩端的樹皮繩中段纏繞到松樹木鑽的中間，然後將木鑽較鈍的那一頭，插到木板上他挖的那個小洞裡。接著他便抓著弓形樹枝，快速地前前後後、來來回回，像鋸木頭一樣地扯動著，也像是拉著低音提琴演奏一樣。不多久，當木鑽底部產生熱氣，而開始冒煙時，費迪以簡直不敢相信的眼光看著丁奇。很快的，又過一會兒，他就聞到了松木燃燒的味道，接著，下一秒鐘，丁奇跳了起來，因為迴轉板上飛起了一些零星火花，跳進那一大把乾燥的木屑裡頭。丁奇興奮地繞著它起舞，又是搧風、又是吹氣，木堆上的火星漸漸擴大燃燒範圍，然後突然間，轟地一聲，變成火焰，火燃燒起來了。

「呀呼！呀呼！」丁奇高興地鬼叫著，就像是真的印地安儀式似的。「哎喲喂呀，我的媽呀！」突然他大叫一聲，原來是火焰燒到他的手了！

丁奇把燃燒的火種丟到一堆乾樹葉上，然後他和費迪在上頭再灑下一些木屑和小樹枝，直到火勢穩定。接著才用較大的木柴在火堆周圍搭成一個棚架，不一會兒，那火焰就以火燒地獄般的猛烈氣勢，竄升到十公尺的高空上了。

火焰從火堆裡一路竄高，連長毛象瀑布鎮那頭都可清楚看見火光。站在克羅克家穀倉外的警官馬上就看到了，立即用無線電向普特尼警長報告。

「那火光，看起來似乎就在你正要前往的山上，你看到了嗎？」

「沒有，沒看到。」普特尼警長回答說：「我們現在正在樹林裡，什麼鬼影子也沒看見。」

「穀倉裡的小鬼們說，也許是在山上的某一棟打獵小屋，最好去查查看。

他說他們還是一直能收到規律的信號，是從廢棄鋅礦場那附近傳回來的。」

就在此時，我所乘坐的這輛車剛好經過一個急轉彎的路段。我眼角瞥見了一絲火光，是來自對岸的山坡樹林裡。我用力捶打駕駛的肩膀，大喊他停車。

「我們走錯路了！」我告訴他：「我剛剛看到一束火光穿過樹林，是在山谷另一側的山坡上。」

警官緊急踩下剎車：「那我們要怎樣才能到那邊呢？」

「回到剛剛那座木橋，」我告訴他說：「那兒有一條舊的林業道路，可通往那邊的山坡。」

於是我們來到不遠處的一個林中空地，迴轉往回走，車上的警官也馬上和普特尼警長聯絡。不一會兒，我們已經置身在山谷另一側的山坡上，車子在大坡度的樹林間往上爬升，警長的車則跟在我們後頭。巡警真的是使盡了力氣，好不容易才穩住車子，開在這陡峭彎曲的山路上。而後座的我幾乎成了一袋馬鈴薯，搖晃得東倒西歪，一直死命地想要捉住東西來穩住身體。

警長的聲音從無線電對講機傳了出來：「可別打開你的警示燈和警笛喔，

而且當我們快接近山頂時，記得關掉車子的大燈！」他說：「如果我們要抓的人，真的就在上頭，我可要給他們一個大大的驚喜呢！」

可是當我們繞過最後一次大轉彎，來到冒著熊熊火光的山頂空地時，我們唯一看到的只有映照著火光、像狂野的印地安人胡亂跳舞的兩個身影。而那正是丁奇和費迪。

「搶匪已經逃進樹林裡去了！」費迪大聲喊叫：「他們把車子推到那邊的山谷下去了！」

「那是多久以前的事？」警長問。

「也許是二十分鐘前左右，也可能是更久以前了！」丁奇說：「但是我敢打賭，他們一定在樹林裡又藏了另一部車。」

「如果是這樣的話，那他們就一定得再回到這裡，從這條路下山囉！」警官說：「因為這裡沒有其他路可以下山了，對吧？」

「就我所知，應該沒有別條路了，」我告訴他：「這就是唯一的通道。」

「那他們一定是想要先在某個地方躲一陣子，等風聲過去了，再遠走高飛。剛剛從無線電傳過來的最新情報說，那個無線電發報器的嗶嗶聲是從廢棄鋅礦場附近傳回來的。」

「那我可就不懂了，」普特尼警長說：「如果說他們準備在這深山裡先藏匿一段時間，為什麼要將這兩個小鬼留在這兒，好讓我們發現他們的行蹤呢？反過來說，如果他們帶著這兩個小鬼全都躲到礦場裡，光是逐一搜尋那些錯綜複雜的礦坑道，我們警方就是花費一整個星期，也不一定能把他們給揪出來的。但是現在他們卻留下這樣的線索，好讓我們只需要在這唯一的出入口把關，穩當地來個甕中捉鱉，有這樣好康的事嗎？這真的把我給搞糊塗了。」

「這麼說來，反而比較像是故意引誘我們跟蹤過來。」警官說。

突然間，我腦海閃過一個念頭。「等一等！」我大喊一聲，並且緊緊抓住警長的手臂說：「我想到了，這山頂上還有另一條可通往山下的路，只不過不是車子可以走的馬路，而是鐵路。那是一條已經停駛的鐵路支線，從鋅礦場一路直達海亞瑟鎮。警長，你知道那條支線的，對吧，它就在大山溝和火雞山路交叉的地方呀！」

「這是你今晚所說的第三個大笑話了，」警長說：「那我猜『加州和風號』火車甚至已經在那頭等著，要接他們去舊金山哦！」

「我不知道你說的『加州和風號』是什麼，」我說：「但是他們可以使用廢棄的礦車啊，雖說那是老舊的手推車，長年停放在裝卸場上，但那的確是可行的辦法呀！」

「也許這小鬼說的沒錯，警長。」警官說：「說不定這正是他們的詭計，希望誤導我們跟蹤他們的腳步，步行去到礦場那兒。等到我們發現真相時，還得跑下山，才能用巡邏車上的無線電發送訊息給整個巡邏通訊網；而同時間，他們已經利用鐵路往山下快速滑行離去，這一路到海亞瑟鎮都是下坡路段，即使是乘坐那些破爛的老推車，他們還是可以輕易達到每小時五十公里的速度，而且根本不會碰到我們所設置的任何一個臨檢路障。」

就在此時，巡邏車上的無線電發出了唧唧喳喳的電波吵雜聲，是亨利在呼叫，他有話要對普特尼警長說。

「我們仍然緊緊鎖定那個發報器的行蹤，」他聲音高亢尖銳地說：「而且

我們發現它正往正北方移動，速度非常快，我們推測，他們是從鉡礦場出發，利用舊鐵路支線快速地移動，他們可能正逃往海亞瑟鎮。」

「你說了一大堆，沒有一件事情是我還不知道的。」警長很有威嚴地說：「我們早就推測出這樣的結論了。」

「哦，是喔！」亨利說。

「啊，對了，」警長說：「你的兩個好夥伴已經在這裡讓我給逮個正著了。你放心，他們全都好端端的，所以你可以告訴他們的父母，等天亮時再到警察局來接他們回去囉！」

「你是說，他們被逮捕了？但是，警長，我們根本沒做錯什麼事啊！」

「那就這麼說好了，我只是將他們暫時『保護拘留』。」

「那又是什麼意思呢？」

「那就是說，除非等到我將這批銀行搶匪給逮捕歸案，否則我決不會讓你們這些小鬼在外頭到處亂跑！」

「但是，如果沒有我的幫忙，你根本不知道要去哪裡抓賊啊！」亨利說：

「他們已經有完整的計畫了，一定躲得過警方的臨檢路障。」

「從鐵路支線一路下去的話，只有一個終點站的，親愛的孩子，我只要在那個終點站守株待兔就可以了，這樣你懂了吧！」

「但是，如果，他們在中途就下車離開了呢？」

「我真懷疑你滿腦袋瓜到底都裝了些什麼啊，」警長說：「你想想，他們會那麼笨中途離開鐵路，然後再一次以走路的方式前進嗎？」

「當然不會！」亨利說：「我想他們的計畫一定比你說的更完美。」

「好吧，這樣說好了，如果他們在鐵路經過的某個靠近高速公路的地方，又事先藏了一部車的話，那我們還是可以在某個臨檢站把他們攔下來的。」

「他們其實已經穿越過州際高速公路了。」亨利說：「而且根據接受器所收到的訊號，他們仍然持續往海亞瑟鎮的方向前進。」

「很好，那我們就到鐵路的終點站去逮他們吧！」

「警長，你一點都沒有在動腦筋耶！」

「嘿，小摩里根先生，你再這樣放肆，我就……」

「你難道從來都沒有想過，如果你是銀行搶匪的話，你會怎麼做嗎？」

「當然沒有！」警長頭頂幾乎要冒煙了。

「但是，我可就想過了。」亨利說：「而且我敢說，他們的計畫一定不出我所料。」

「是這樣的嗎？那敢問，你是不是打算和我分享你的高見呢？」

「那麼，你要如何處置丁奇和費迪呢？」

「好！好！好！我們會盡快安全地送他們回家。」警長說：「那現在可以說說你那聰明的好方法了嗎？」

「沒問題，如果說我是搶匪的話，我會事先安排好一艘船，在檸檬溪的鐵軌棧橋下等著。然後一切都順利的話，我早就輕鬆地往大湖的方向前進，在警察搞清楚狀況以前，我差不多已經安全抵達加拿大了！」

接著，是一陣長長的沉默，沒有人開口說話。

「喂，喂，警長，你還在聽嗎？」終於亨利開口問說：「你要我打電話去給碼頭的蒙拿罕先生嗎？如果你現在馬上派幾部巡邏車過去那邊的話，你說不定可以在檸檬溪匯入大河的地方逮到他們！」

普特尼警長已經羞憤地頭頂冒煙，而且幾乎說不出話來。

「你真是個瘋子，摩里根小子！」他終於吐出一句話：「現在，我請問你這個大警探，是不是可以離開無線電對講機了，好讓我這個真正的警長發號司令啊？」

「好嘛！好嘛！」亨利說：「我只是想試著幫上忙而已啊！」

「這種忙，我真是不要也罷！」警長說：「馬上給我離開對講機，讓雷里警官跟我說話。」

「報告警長，我是雷里。」無線電頻道傳出另一個人的聲音。

「雷里，你給我好好聽著，說話聲音小一點。」警長輕聲地說：「現在那個小鬼還在你身邊嗎？」

「不，警長，他進到穀倉裡去了。」

「很好，你聽著，雷里，我要你馬上派兩部巡邏車前往河邊碼頭蒙拿罕的船公司去，然後打電話給蒙拿罕，要他先準備好一、兩艘船等我們，我想那些混蛋很可能是要從檸檬溪逃走。」

「警長英明，那麼，這些小鬼要怎麼辦呢？」

「雷里，我想，『警察與小偷』的遊戲我們應該很有經驗了吧，難道還需要這些小鬼來指導嗎？把他們留在穀倉就好了！」

「我只是想說，他們的接受器也許對我們有點用處。」

「嘿！國家可不是付你薪水，叫你來想事情的，你給我照著命令做就好了！」

「遵命！警長。」

「先把這些小鬼送回家去，」警長對身邊的警官說：「然後向守在克羅克家穀倉外的無線電中控巡邏車回報。我現在要去蒙拿罕的船塢。」接著，警長的車子一陣旋風似地掉頭迴轉下山去了，揚起一陣灰塵灑了我們一身。

警官幫我們灑一些碎泥塊到烽火的零星灰燼上，然後丁奇、費迪和我就爬進巡警的車裡去了。

「我希望警長的行動是正確的。」當他小心翼翼地開車下山時這樣說：

「在這樣深的黑夜裡，要在湖上找到那艘搶匪的船也許並不容易呢！我曾經去那兒獵鴨子，溪口附近雖然長了一大片的蘆葦，但是到處都有空隙可容一艘船通過，不一定非走蒙拿罕船塢那一帶呢！」

「如果亨利可以帶著我們的接受器一起去到現場，那搶匪可就無所遁形了！」我說。

「你們的接受器，另外有攜帶式的嗎？」

「當然囉，我們有一組是用電池的，可以隨身攜帶。」

警官瞄了一眼他的手錶，又擦擦下巴的汗水，接著就是一長串的沉默。當我們下山後，開上縣道的柏油路面時，突然間，他唰地一聲就把警笛拋上車頂，同時用力將油門踩到底，車輪發出尖銳的摩擦聲。

「這是我生平第一次沒有服從上級的指示。」他說。

當我們的車子衝進傑夫家穀倉旁的車道時，一定把他們全家人都給吵醒了。我衝進穀倉，把亨利拖出來，這時警官已經將車子迴轉好，等著我們了。

帶著攜帶式無線電接受器，我們鑽進巡邏車。「他們已經往檸檬溪去了，

警車

真是太棒了，就和我們推測的一模一樣。」亨利說：「傑夫會繼續注意他們的動靜，如果有什麼變動，就會馬上通知我們。」

「嘿！這是怎麼回事呀，警官大人？」在穀倉外守著巡邏車的警察說。

「叫我警察兄弟就好了！」警官大聲喊回去：「等著看我被降職吧！」然後我們就快速開上大馬路。警笛聲就這樣嗚咿嗚咿地一路響著。

車子快速地奔馳在高速公路上，快要到通往河邊的交流道時，警官一直不停地看錶。亨利把接受器的電源打開，並且將它拿到車窗邊，試著接收發報器所傳來的訊號。在這一段時間內，警察的通訊網上，並沒有傳來任何新消息。

「希望我們來得及，」警官說：「警長比我們還早十分鐘啟程，而且他走的路程又比我們近。」

「別擔心。」亨利說：「傑夫會打電話給蒙拿罕先生，請他先為我們準備好另一艘船。」

「那我要怎麼向普特尼警長解釋這一切呢？」警官低聲苦叫，一隻手在額頭上拍著。

「也許你根本就不必解釋。」亨利大叫：「我有新點子了，停車！靠邊停車！」

警官緊急剎車，車子猛然在路肩停住。「怎麼了？怎麼回事？」警官從前座轉過身來問。

亨利將無線電接受器的天線稍微往右邊調了一點，將音量控制鈕調到最大，然後將他的耳機拿下。這時，我們都清楚地聽見了，從丁奇的發報器所發出的規律訊號：「嗶——嗶——」

「你有地圖嗎？」亨利問警官。

「當然！」他從儀表板下方的儲物箱裡拿出一張道路圖，然後在他旁邊的位子上攤開。

「我們現在的位置在哪兒？」亨利用手電筒照在地圖上，問道。

「我想，我們現在就在這兒！」警官指著地圖上州際公路某個急轉彎的地點說。

亨利從他的口袋裡拿出羅盤，確定接受器的天線所收到的訊號方向之後，他便在地圖上，檸檬溪靠近大河交接處的一個大轉彎處畫了個叉叉。

「我推測他們差不多已經到這兒了，他們距離大河，大約還有五公里遠。」

「那至少要花他們二十到二十五分鐘左右的時間，」警官說：「我確定他們用的一定是划槳船或是獨木舟。」

「錯不了的！」我說：「如果是電動船的話，那噪音就太大了。」

「我們上路吧！」亨利催促說：「我們不必去蒙拿罕船塢了，向右轉，去走舊磨坊路！」

「舊磨坊路！你瘋了嗎？」

「拜託你，警官，」亨利請求他：「我們只剩下大約十分鐘的時間了！」

「喔喔！我的老天呀！」警官說：「這下你們可真的會給我帶來天大的麻煩了！」

「你早就已經惹禍上身了。」亨利說：「你難道不想藉這次的機會賭一賭，說不定可以成為英雄喔！」

「是成功的英雄，還是英勇殉職的那種英雄？」

「你難道不想單槍匹馬，活抓生擒這些搶匪嗎？」亨利堅持。

「小子，我承認你說的很有吸引力，但是我家裡還有老婆小孩要養耶！」

「過了今晚，他們都會以你為榮的。」亨利說：「前進，出發吧！」

於是他再次發動車子，駛上高速公路。「我的媽呀，早知道，我就應該遵照警長的命令，把你們這些小鬼通通送回家的。」警官小聲地碎唸著。

當我們往檸檬溪附近的廢棄磨坊前進時，亨利向我們說明了他的計畫。

「這計畫很簡單的，」他說：「再過十分鐘，他們的船應該就會來到磨坊水池，而連結水池的唯一出路就是洗礦槽，那兒是一個天然的陷阱。如果我們可以比他們先一步到下游出口，那就可以事先關上閘門堵住他們，而且如果我們將水池上游的閘門，在他們進入洗礦槽之後也關上的話，那他們就是插翅也難飛了。礦槽的圍牆大約有五公尺高，而且上頭長滿了黏不溜丟的青苔，到時他們一定束手無策的。最後，我們唯一要做的事情就是輕鬆地坐下來，等待警長大駕光臨就可以了。」

現在，甚至連警官也開始有笑容了。在這彎彎曲曲的小路上，他把車子開得比剛剛更快了。「好主意！太棒了！摩里根，太棒了！」他大喊著。接著，他卻皺了皺眉頭說：「但是那些閘門呢？它們還可以動嗎？」

「當然了，一定可以的。」我說：「那個洗礦槽，至今仍被用來當作水位調節閘，讓船隻能夠離開磨坊水池，而且它的絞車的狀況還非常好呢，我們曾經將閘門關上好幾回，把魚困在裡面，然後輕輕鬆鬆地抓了好多魚呢！」

「要提醒我，到時一定要記得向警長報告這一點喔！」警官說。

「別提了，喔哦！千萬不要啊！」費迪說：「那只不過是查理又一次的抓魚糗事罷了！」

「你有催淚瓦斯嗎？」亨利問。

「有啊！」警官說：「嗯，這個主意不錯！在那個儲物箱裡面有兩顆催淚彈，你把它們拿出來。」

「當我們接近溪邊時，要把你的車燈關掉喔！」亨利提醒說：「我們可不想先給他們一些暗示呢！」

「是的，長官。」警官說：「還有其他指示嗎？」

大約距離湖邊九十公尺的地方，警官把車子停在道路旁，然後我們就跑進磨坊小屋。藉著東方天空的半輪明月，我們有足夠的視線。磨坊是個地形相當複雜的地方，很容易在裡頭迷路，尤其是在這樣的黑夜中。但是因為我們對這裡的每一個角落、每個牆壁、裂縫等等，早就瞭若指掌了，所以丁奇和費迪毫不費力地就爬上過道，去到水閘的對岸，然後肚子朝下趴在牆頭等待。亨利和我則帶領警官一起進入絞車房，我們三個先將下游處的閘門給降下來。我們認為銀行搶匪應該還沒這麼靠近磨坊，所以不至於聽到放下閘門的聲音。

「不要將閘門全部放到底，」亨利建議說：「這樣洗礦槽裡的水位才不會升得太高。等我們把上游的閘門也關下來後，再將這邊的閘門關到底也不遲。」

我們慢慢走到磨坊水壩的上面，然後趴下來躲在欄杆後面，屏息靜氣地等待。唯一聽得到的，就是從下游閘門處傳來的潺潺流水聲。所以我們誠心祈禱，希望我們所等待的人，不像我們這麼聰明，應該不會因為這流水聲音的不同，而意識到閘門已經被關上了。亨利將接受器又打開來，四面轉動著天線，試著要找到發報器的方位。當他一接收到嗶嗶聲時，我剛好也看到了一個非常微弱的輪廓——差不多在上游兩百公尺遠的地方，有一艘小船從黑暗中慢慢駛來，漸漸來到有月光的地方。我用手肘推了亨利一下，他就把接受器開關給關掉了。我們半蹲半走潛回絞車房，留下警官單獨趴在靠近上游閘門的地方。

在絞車房裡，我們蹲低身子在黑暗中等待，到時警官會發出放下上游閘門的信號。等待的時間像是永無止盡一樣，我可以聽見亨利的呼吸就像是蒸氣暖爐上的送風口一樣，呼嚕呼嚕地好大聲。而我則是全身都在冒汗，同時卻又冷得不停發抖，我猜想這大概就是讓一隻鰻魚洗土耳其三溫暖的感受吧！

突然一道閃光從絞車房的窗戶外閃過，這正是警官所發出的信號，表示船已經進入水閘道了。亨利和我馬上一躍跳起，將全身的力氣都放到絞車的施力軸上，這時我的腳卻不小心打滑了，而且還絆倒了亨利，弄得我們兩人都跌到地上。但是我們馬上站了起來，努力旋轉絞車，速度仍舊快得足以在船裡頭的人弄清楚怎麼一回事以前，就將上游的閘門完全關上。接著我們走到另一個絞車那邊，將下游的閘門關到底。

當我們迫不及待地跑出去，來到水閘邊的安全欄杆旁時，船已經撞到下游的閘門了。從被困住的船艙裡，傳來匪徒疑惑以及粗暴咒罵的聲音。警官將手電筒往水閘道照去，將光束停留在四個躲在小槳船裡的四個人身上，警官的聲音像大炮般發出命令，而且那命令在閘道的兩堵牆之間來來回回發出共鳴。

「把你們的槍都丟進水裡去，你們被包圍了！」

站在水閘道對岸的丁奇和費迪，還有亨利和我，也同時把我們的手電筒打開，把四道光束一同照在搶匪的臉上時，船上的人就全都把雙手高高舉起，其中一個喊道：「不要開槍！不要開槍！我們只是要去釣魚而已！」

「你們不可能是用手槍釣魚吧！」警官也喊回去：「把它丟進水裡！」

當那個站在船尾的人把手槍丟進水中時，水面激起了一陣水花。

「你們最好自動將其他的武器全都丟進水裡，不要逼我們丟催淚彈喔！」

接著便有三件武器陸續掉進水裡的聲音，在船首的那個人手伸到座位底下，試著要把一個帆布袋拖到身旁。但是，就在這個時候，警官的手槍咻地一聲，像揮出長鞭似的，射出一顆子彈，打到這個人旁邊的船身。

「把錢留在原地！」警官對他們吼叫：「手高舉到頭上，全部躺下來。」

平常要讓一個人平躺在一艘槳船上已經不容易了，更何況是四個人呢！但是人的潛力是無窮的，當你被逼急了，你總是會找到方法的，而這四個搶匪顯然也沒有那麼笨，終於全都乖乖地躺下了。

「好了，摩里根，用你的無線電對講機告訴他們，一切都搞定了！」警官很鎮定地說。然後亨利就開始搜尋警方的無線電頻道。

「你們這些傢伙應該先打聽清楚，要知道，在我們這個郡裡，天沒亮以前是不准釣魚的！」警官一邊點燃一根香菸，一邊說：「待會兒，等我們的人把梯子送來，就可以把你們從那底下給弄出來了。」

大約只過了十分鐘左右，就有兩部巡邏車來到舊磨坊。而且也不需要動用梯子，我們只是將上游的閘門打開一下子，讓水位上升到船可以浮到圍牆頂端的高度。這時搶匪便一個個爬出船來，乖順的像小綿羊一樣。我想，當他們把武器給丟進水中時，一定想不到，原來當時現場根本就只有一位警察而已。

費迪跑了過去，對著其中塊頭最大的傢伙的小腿踹了一腳。「這一腳是給

你個教訓的，竟敢叫我死胖子！」他叫喊著，然後就趕緊退到後面去。這時有個警察抓住費迪的領口處，半拖半抱地把他帶到水壩下面去。而大塊頭的男人則站在原地，痛得嘴巴張得大大的，雙腿互相搓揉著。

「應該要有一套制裁小孩的法律！」大塊頭男人說：「當我在後巷發現他們時，我就知道他們會給我們帶來大麻煩！」

「我的發報器怎麼辦呢？」丁奇問：「它被搶匪放在其中一個帆布袋裡。」

「我們必須將它當成證物先留下，小子。」其中一位警察說：「不久之後，你就可以把它拿回去了。」

普特尼警長沒能在逮捕犯人的時候趕到現場。那時他和三個警察分別坐在兩部電動船裡，一直守候在檸檬溪的溪口處，想要封鎖搶匪的出路。但是他們沒有攜帶無線電對講機。所以一直等到天快亮的時候，他們才看到站在船塢尾端的蒙拿罕先生，手裡拿著一條紅色法蘭絨長褲，對著他們的方向用力揮舞。

當他們回到警察局時，我們正坐在那裡喝熱巧克力，同時接受《長毛象瀑布報》的記者訪問。亨利問普特尼警長，能不能派一部警車到印地安山上去，把留守在那兒的荷馬和莫泰蒙接回來。

「你剛好給了我一個好點子，」警長酸溜溜地大聲說：「原來我們這地方根本就不需要有警察局，而是需要一家能夠二十四小時提供良好服務的計程車行啊！那麼，請問您有錢支付車資嗎？」

「我當然沒有啊！」亨利說。

「喔，那就很抱歉了！」警長不甘心地說。然而，一轉身，他還是走到比利・道爾前面，命令他派一輛車前往印地安山。

神秘酷石洞

瘋狂科學俱樂部總有一大堆做不完的計畫，這些計畫也總是一直被擱置著。我們總認為，有一天一定會有時間來完成的。舉例來說，在亨利．摩里根所有的計畫中，最教他念念不忘的，就是希望能夠打造一艘潛水艇，好讓我們可以潛到草莓湖底下去瞧瞧。亨利有個理論，他認為草莓湖最初並沒有這麼大，所以說現在的湖底可能還留有許多有趣的印地安歷史遺跡，甚至有可能埋沒著一整個印地安村子也說不定。

但問題是，要打造一艘潛水艇需要懂得很多的技術以及擁有許多昂貴的材料。所以很自然地，即使亨利和傑夫．克羅克已想好了一些有趣的進行步驟，這事情依舊還是被壓在箱底，我們從來就沒有真的開始著手去做。

但是有一天，因為費迪．摩頓所提供的一項資訊，卻使得事情完全改觀，有了突破性的發展。費迪有個印地安名字叫「小亮眼」，不僅僅因為眼睛是他全身唯一不胖的地方，也因為費迪的確常常會注意到一般人不會留意的東西。例如，上次有人將錢藏在紀念場的舊砲台裡，就是因為他注意到賈克柏．普利金的脖子上掛有一把奇怪的黃金鑰匙，謎團才得以解開的。

費迪看到《長毛象瀑布報》上的一則小新聞，這則新聞小到根本沒有其他人會注意到，只有像費迪這樣將報紙從頭到尾讀過一遍的人才會看到。因為他的父親是報社的排版員，所以費迪每天晚上都會將報紙一字一句地仔細看過一遍，每次只要費迪找到錯字，他就會在他父親面前吹噓邀功，得意的不得了。

費迪注意到的新聞是一則活動的宣佈，有一場「白象慈善義賣會」將在克萊伯鎮舉行，是要為克萊伯綜合醫院的女性志工隊募款。在人們所捐出的拍賣品中，有一項竟是一艘袖珍型雙人座日本潛水艇，是美國軍團克萊伯分會於一九四五年從太平洋帶回來的戰爭紀念品。它被放置在美國退伍軍人協會大會堂的前院，已經公開展示很久了，所以生鏽的相當厲害，而且曾經停下來認真看它一眼的人，恐怕數都數得出來。

拍賣會將在星期六下午一點鐘舉行，如果說我們真的想要得到這艘潛水艇，那我們就得趕快展開行動。沒有人知道，甚至也無法猜測，那艘潛水艇是否還能動，但我們還是決定要賭它一次。如果我們能夠以很便宜的價格標到它，而且它的船身還是完好的話，亨利拍胸脯保證，一定有辦法將它整修一番，並裝上它所需的動力設備，使它再度復活。

「前進吧！出發去義賣會場！」莫泰蒙．達倫坡起鬨大喊，臉上卻故作嚴肅的表情。

「大家快來欣賞這個喜劇小丑的表演啊！」費迪不屑地說，肥胖的臉上露出極度嫌惡的冷笑。

傑夫在他用來當作主席台的水果木箱上敲打他的議事槌。

「荷馬，我們的現金箱裡還有多少錢？」

「三塊八毛五美元。」荷馬．斯諾格毫不猶豫地報告說。

「你確定嗎？」傑夫懷疑地問。

「三塊八毛五美元！」荷馬再重複一遍。

接著大夥兒紛紛發言，開始爭論到底有多少錢。荷馬一直堅持說，我們忘了把上次買花的七塊錢給扣掉。那時候管區警察比利・道爾因為在火雞山附近被一個捕捉熊的陷阱夾傷，住進醫院兩個星期，所以我們買了花送給他。莫泰蒙提議，我們乾脆實際來算一算，現金箱裡到底有多少錢。於是，荷馬很不耐煩地從椅子上站了起來。

「很抱歉，主席大人，」他酸溜溜地說：「我不知道，我是不是還有力氣繼續擔負保管財務的重責大任。」然後一邊爬到傑夫前面的水果木箱上。這時我們全都安靜地坐在一旁，荷馬往上伸出手，把正好垂吊在傑夫頭頂上的電燈開關啪地一聲拉開，然後爬下木箱，走到穀倉角落藏保險箱的地方。他快速地旋轉數字鎖上的號碼，保險箱的門便開了。接著，他伸手進去，拿出一個小小的電視遙控器。

「等一下！」傑夫喊叫：「查理和丁奇，去把窗簾給放下來。」丁奇和我便過去把四扇窗戶的窗簾全都放下。這時荷馬才把遙控器對準穀倉屋頂尖端的地方，然後按下其中一個按鈕。於是，一個捲收在屋頂正中間的繩梯便自動鬆開，一路垂落到地面上來。荷馬走過去，慢慢地爬上繩梯，直到他碰到最大的那根橫樑。那是支撐整個屋頂的主要樑木，也剛好位在傑夫的木箱的正上方。荷馬翻身爬上樑木，以小腿施力慢慢跨坐前進，直到橫樑和其中一根縱材交叉的地方。在那兒他按下某個開關，這時懸掛在一根堅固鋼索上的現金箱就緩緩從天而降，落到傑夫前面的木箱上頭。傑夫站起來，走到角落的保險箱前，從裡頭拿出一把鑰匙。他把鑰匙高舉起來拿給大家看，然後回到他的椅子上，將鑰匙插入現金箱的鎖頭，然後看著荷馬。

「好了，再來換你。」他說。

荷馬將遙控器對準傑夫的方向，又按下另一個按鈕，現金箱的蓋子便啪地一聲開了。傑夫將裡頭的東西一股腦兒地全都倒出來，然後一個銅板接著一個銅板仔細地計算，我們其他人全都坐在一旁，不敢鬆懈地看著，嘴巴也跟著他一個一個數著，重複他喊出的每一次金額。

「三塊八毛七美元，」他最後宣佈：「荷馬記的差不多。」

「我說的完全正確！」荷馬的聲音從屋樑上傳下來：「我們從來沒有將那兩個印地安人頭像的一毛錢硬幣算進去，那是我們為了預防赤字而儲備的保留款。」

「好啦！算你對，算你對！」傑夫說：「那這個議題就結案了。」他將錢全部放回現金箱裡，然後示意要荷馬把它拉回到屋頂上。

「主席先生，我現在可以下去了嗎？」荷馬問。

「當然可以。」傑夫說。

雖然我們的錢根本就不夠，我們全體還是決定應該去一趟克萊伯鎮，參加白象慈善義賣會。因為即使我們無法買到日本潛水艇，至少還可以知道是誰買到它。

「我提議將全部的錢都帶著，然後由我負責出價購買。」費迪說。他還站到了他的椅子上，裝作很有權威的樣子，看起來是真的很有決心。

「這主意真棒！」莫泰蒙帶著他那一貫冷嘲熱諷的語調，插嘴說：「你這個傢伙，天生就是成事不足，敗事有餘，早知道是要讓你來負責的話，那剛剛

根本就不必費力氣弄清楚我們到底有多少錢了，反正都是白搭。」

「好了，大嘴巴先生！」費迪吼回去：「也許我不是世界上最好的馬匹交易員，但是至少當我看到像你這樣的笨馬時，我一眼就能分辨！」

莫泰蒙從椅子上站起來，情緒激動。眼看就要打起來了，亨利和我及時把他拉住，免得有人要受皮肉之傷。而費迪也站了起來，雙手捂在嘴上，假裝害怕的樣子，但他幾乎要笑出聲來。最後，還是要勞動傑夫用力地在木箱上敲打他的議事槌，這場大騷動才算平息。然而就在這個時候，小個子丁奇卻站起來，用他那最爆笑、最尖酸的聲音說：「主席先生，不管其他人贊不贊成，我要附議剛才的提議。」

在瘋狂科學俱樂部裡，當某個提議有人附議時，就幾乎表示提議已經獲得通過了。因為不管提議的內容是什麼，費迪和丁奇永遠都是投贊成票的，而主席傑夫通常只有當投票數相等時，才會投票。所以當某個人提出一個議案時，幾乎可以肯定至少已經有三張基本票了，而這個時候，如果還有一個人笨得去附議這個提議的話，那就可以肯定他的提議百分之百已經通過了，因為這樣一來，就表示有四票贊成票，過半數了。不過，如果這個提議是由費迪或丁奇提出的話，當然情況就有點不一樣了，這表示他們還有很長的路要奮鬥，要獲得通過，恐怕也就沒那麼簡單了！

不過，這一次我有一點同情費迪，所以我投贊成票，支持由他來負責標購潛水艇。所以當亨利、荷馬和莫泰蒙都投下反對票後，那就要由主席傑夫的一票來做成裁決了。傑夫往上空拋起一枚硬幣，落下來時是人頭像的這一面向上。他認為這是個好兆頭，所以他也投下了贊成票，讓我們的三塊八毛五給費迪去賭一回。

到了星期六，上午十點鐘以前，我們已經全部擠進查克・波尼菲那部叫做「轟轟理查」的老卡車裡了，準備要一路搖晃到一百二十公里外的克萊伯鎮。丁奇和費迪兩人蹲坐在座位後方的開放車廂裡，在木棧板上玩著擲刀遊戲，不時交換著只有他們兩人才聽得到的秘密耳語。我們其他人也都沒興趣去特別注意他們兩個，反而都忙著在想像，如果我們夠幸運的話，到時候要怎麼把潛水艇裝在這部卡車上載回長毛象瀑布鎮呢？我們已經帶了移動式起重機組，那是查克平常用來拆卸車子引擎的。而這艘潛水艇到底有多大呢？我們也只能根據亨利的研究資料模糊地推測。

莫泰蒙堅持要掛一張吊床在移動式起重機的兩個鉤索之間，這樣在路途中他才能夠坐得舒服一些。莫泰蒙很愛睡覺，他可以隨時隨地打瞌睡，像是在俱樂部開會時、有人打群架時等等，所有你想得到或想不到的情況，都不會妨礙他入睡。但是這回在前往克萊伯鎮的路上，他反而沒有睡多少。我們把起重機的支柱牢牢地綑綁，固定在卡車棧板上，所以即使躺在吊床裡，他也不會有任何危險。只不過每一次當查克駕駛「轟轟理查」在克萊伯路上來個大轉彎時，吊床便會非常劇烈地搖晃（亨利笑說這是伸懶腰打哈欠的時間）。當我們終於抵達克萊伯鎮時，莫泰蒙已經被晃得昏頭轉向，幾乎要吐了，但是他當然不願意承認。至於我們其他幾個，因為不覺得有什麼好玩的，也就沒去戳破他了。更何況，我們自己也是一路上都在忍受車子經過凹凸不平的路面時，上上下下的顛簸震動呢！

白象義賣會就在美國退伍軍人協會大會堂的前院舉行，因為潛水艇是所有拍賣品中體積最大的一項，而且協會也不想在確定把它拍賣出去以前，就大費周章地先把它從水泥底座上給取下來。當查克駕駛「轟轟理查」進入停車場時，廣場上大約已經有兩、三百人了。負責拍賣的主持人此時正站在一個熱狗攤前吃午餐，悠悠哉哉地等候義賣會的開始。看到這麼多人來參加義賣會，我們有些吃驚，也有些喪氣。但是我們的拍賣員可就得意了，他看到現場有這麼多人來捧場，一邊好像很美味似地舔去嘴角上的芥茉醬，一邊想像待會兒的義賣會一定會進行得很順利。

當我們也草草解決午餐之後，便混進人群裡到處觀望，把正事留給費迪和丁奇去辦，也把全部的錢都交到他們手上去了。後來，我們發現，他們兩人先是在人群的外圍嘀嘀咕咕地說著悄悄話，然後費迪竟趴了下去，四肢著地爬在人們的腳邊，穿過密密麻麻的人群去到了最前頭。最後他來到拍賣講台的右手邊，丁奇則出現在人群前頭的左側。在拍賣項目輪到潛水艇以前，拍賣員已經成功地把一大堆稀奇古怪、沒有用的垃圾以不錯的價格給賣出去了。這時候已經是三點鐘了，費迪拿出他口袋裡最後一根熱狗，三兩下就把它啃光，正想找東西喝時，便聽見了拍賣員將他的拍賣槌敲打在潛水艇身上的聲音。

「各位女士、先生，」他喊道：「接下來的物件是今天下午最教人期待的一件拍賣品。這件珍品，是戰爭的紀念品，是我們英勇的一一四二師美國士兵，從遙遠的太平洋帶回來的。我所要提出的起標價會是多少呢？這可是一件真正具有國家凝聚力的寶物啊！女士們，如果你家裡有一位能幹的工人，那他肯定能夠將這艘深具歷史意義的潛水艇翻修成一具你從未見過、最獨特的戶外烤肉架。當這座代表戰勝邪惡、大戰勝利的紀念獎盃擺放在你家後院時，你一定會成為鄰居羨慕的對象，其他女士也一定會爭先恐後地希望獲得你的邀請，來參加你家的晚宴哦！」

「哇啦！哇啦！」莫泰蒙說：「幹嘛一直說個不停呀，快點談正經事吧！」

最後，拍賣員終於再次把他的拍賣槌敲打在生鏽的潛艇船身，發出刺耳的軋軋聲：「我提出的起標價會是多少呢？」

「五塊錢美金！」圍成半圓形的圍觀者的右手邊傳來一個尖銳的聲音。所有人的眼睛都往費迪・摩頓所站的地方看過去。他的小胖臉盡可能地裝成無辜樣，雙腿交叉站著，雙手也環抱在胸前。

「難不成他發瘋了嗎？」莫泰蒙壓低聲音、忍住氣憤地說：「我們的錢可沒那麼多呀！」

「也許是剛剛坐卡車時，把他的腦袋給震壞了。」荷馬說：「我們最好過去把他給拉出來。」

「別去管他，讓他看著辦吧！」傑夫小聲說：「我們之前已經同意讓他負責這件事了，不是嗎？」

拍賣員愣了一下說：「你剛剛說多少錢啊，親愛的年輕朋友？」

「五塊錢！」費迪重複說一次。

拍賣員忍不住笑了起來，「各位聽到了嗎?各位女士、先生，」他一直笑：「我們現在已經產生今天最後一位大買家了，他就是現今美國表演界最了不起的喜劇演員啊!他剛剛為這件代表第二次世界大戰的勝利紀念品提出了區區五塊錢的標購價囉！」他用手上的拍賣槌在鋼製的船身上連續有節奏地咚咚叩叩咚、咚咚叩叩咚地敲擊了一會兒。「各位女士、先生，」他大聲地喊，把手高高地舉在空中，從鼻子出氣、大聲地說出每一個字：「各位女士、先生，接下來我將告訴各位，我要怎麼做。通常呢，我會將這樣離譜的出價視為無效的胡鬧，但是這一次我將特別容忍這個脫軌的價格，因為我相信下一個出價一定會讓我滿意。所以就讓我為這位年輕的朋友開一次特例，我相信他一定是我們偉大的喜劇泰斗——哈台先生的孫子，所以我接受他的出價，以五塊錢為起標價！」拍賣槌再一次地敲擊在生鏽的船身上，而上一次敲擊所產生的共鳴聲，甚至還嗡嗡嗡地尚未停止。「那麼，有人出價十塊錢的嗎？」

「四塊五毛五！」從左側人群傳來一聲更尖銳粗糙的喊叫聲。

拍賣員的下巴差點兒掉了下來，「什麼？」他不敢相信自己的耳朵。

「我喊價四塊五毛五。」丁奇以稍微大一點的聲音回答。接著，從人群裡傳來一陣爆笑。

拍賣員再一次不顧形象地咯咯笑了，「各位女士、先生，我必須向你們道歉。」他的眼睛朝丁奇狠狠地瞪著，說：「剛剛是我沒弄清楚，我們今天的貴賓當中，喜劇天王——勞萊先生的孫子也在場呢！要在同一場合裡遇見兩位喜劇高手的孫子一同出現，可不是你、我天天都能夠碰到的事喔！」他順手把頭上的帽子給脫了下來，故作表演地朝丁奇的方向假猩猩地行了個鞠躬禮。「你是否了解拍賣的規矩呢，年輕人？剛剛已經有人喊價五塊錢了！」

「那艘破舊的潛艇不值五塊錢，」丁奇說：「我喊價四塊五毛五。」

拍賣員將帽子戴回去，「有沒有人出價十塊錢？」他用力大喊，拍賣槌重重地敲打在潛艇身上。

「我想他是對的，」費迪說：「現在我只想要喊價四塊錢整了。」

「等一等！」拍賣員大喊，而且將拍賣槌指著費迪說：「你不可以重新喊那個價錢，你剛剛已經喊價，要以五塊錢標購這項物品了。」

「我改變心意了。」費迪說。

「有沒有人出價七塊五毛的？」拍賣員只好不理費迪，繼續對群眾大聲喊話。

「如果是三塊五毛的話，我就把它買回去！」丁奇大叫，雙手圈在嘴巴上做成話筒，好讓他的喊價聲音夠大，以壓過群眾的笑聲。

「三塊錢整！」費迪吼叫。

「兩塊七毛五！」丁奇也繼續喊價。

「我出價兩塊五毛，這是我最後的喊價了！」費迪拼命大喊。

最後，拍賣員是如此地用力，將拍賣槌往艇身揮打過去，連槌子的頭都被敲斷，飛了出去。「賣了！賣了！賣了！」他喊著，用沒有頭的槌子指著費迪說：「在你有機會再次張開你的大嘴巴以前，潛水艇以美金兩塊五毛錢賣給你了！」

「那我就只好買下了！」費迪說。他走上前去，將兩塊錢放在拍賣員的桌上，然後轉身面對丁奇說：「你能夠借我五毛錢嗎？」

「當然，沒問題！」丁奇說。接著他也走上前去，從口袋挖出一堆零錢硬幣，當他把零錢一股腦兒堆到桌面上時，群眾間傳來轟然大笑。

「在我改變心意以前，快把這東西給載走！」拍賣員幾乎七孔冒煙，憤怒地說。

「遵命，先生，我們馬上就搬走潛水艇。」費迪和丁奇說。

我們根本就不需擔心要如何將潛水艇搬上查克的卡車，因為當我們用起重機的鉤索把潛水艇固定好之後，那兒有超過五十個以上的人爭著出力氣，幫我們把它推上了卡車。我們在潛水艇上頭蓋上一張防水帆布，便馬上返回長毛象瀑布鎮，最後車子停在查克的舊貨場上。在我們將潛水艇藏到秘密地點以前，有一大籮筐的事情要先做，當務之急就是修復零件，使它恢復運轉功能。

我們的秘密潛艇基地，可說是針對我們的需求量身訂做的，那是一個很酷的天然石洞，藏在一個大瀑布的後方。位置是在草莓湖西北邊大約一公里半的地方，法國人溪在那裡流洩而下，形成了斷崖瀑布，我們的小鎮也正是因為這個瀑布而得名，而且也是主要的觀光景點。但是，很少人知道石洞的事，也幾乎沒有人進去過那個石洞。因為你得先從一段突出的岩壁底下潛游過去，才能到達石洞入口。一旦你穿過了狹窄的入口處，你將會被眼前的景色嚇一跳，石洞突然變成一個開闊、高敞的大空間，而且地面上有白色細沙，那一定是很久以前，這裡還是湖底時，所遺留下來的。大約往前邁進一百公尺之後，地面突然向下陷落，變成一個充滿碧綠池水的水塘，它一定是來自地下伏流的水，而

且和湖底是相通的，因為這個小池子的水位總是和湖面水位保持相同的高度。如果鎮公所能夠建造一條方便通行的走道，就像尼加拉瀑布一樣，讓人們可以輕易走到石洞入口的話，那麼這個地方一定可以成為遊客朝聖的熱門勝地。不過，我們的鎮公所可能永遠也不會有這樣一筆經費！

石洞裡非常涼爽，而且整年幾乎都維持一樣的溫度。夏天裡，我們有時候會把這兒當作俱樂部基地，因為傑夫家的穀倉經常熱得不像話，而且在夏天悶熱的夜晚，這裡包準可以舒舒服服地一覺到天亮！我們已經在這裡頭佈置了許多裝備，而且我們有免費的電可使用喔！我們在瀑布下方建造了一架水車，然後利用水車的水力帶動發電機來發電。當然囉，石洞中的小池子就成了很棒的游泳池，而且我們還在一側架設了最高級的跳水板。嚴格說來，唯一的缺點就是在這兒我們曬不到太陽！

當潛水艇停放在查克的舊貨場時，我們將它所有的引擎都拔了下來，潤滑每一個會轉動的零件，然後將整個船身用鋼刷除鏽，接著再用除鏽劑處理過，最後再整個塗上一層厚厚的白鉛漆。我們用焊接噴燈裁下船艙裡的附屬小艇以及魚雷擋板，而且把魚雷發射管也切掉。這樣一來，船艙前半部的空間就變大了許多。藉著西港空軍基地馬其上校的幫助，我們在 B-17 舊空軍駐地附近的二手零件拍賣店裡，找到一片塑膠玻璃鼻頭。經過稍微裁切及彎曲之後，我們輕輕鬆鬆地就把它裝到潛水艇的前端鼻頭上了。當我們完成這一切之後，它看起來閃閃發亮，有著六十公尺長、白色潔淨的船身，以及透明塑膠鼻頭，就像全新的一樣厲害。

潛水艇的整修工作其實還沒全部完成，但是我們已經決定要將它先移置到我們的秘密石洞去了。因為有許多人老是在舊貨場附近鬼鬼祟祟地窺視它，以至於我們經常要用帆布把它蓋上，蓋蓋拉拉之間，難免影響了我們工作的進度。更麻煩的是，我們還必須特別注意費迪的堂弟哈蒙以及他的同黨，因為他們老是來查克的舊貨場鬼混。每次都會有一、兩個人到處逛，假裝要找一些他們明知道是查克所沒有的小東西。有一天，我們看見他們全部的人都站在火雞山的一個山崖上，透過望遠鏡往我們這邊看。事實上，他們根本就不可能對我們造成任何威脅。因為白天時，有我們在這兒，他們根本就不能靠近潛水艇半步，而晚上我們就更不擔心了。查克．波尼菲有一隻很大的德國牧羊犬，叫做凱撒．比爾，牠會整夜巡邏、守護舊貨場。凱撒．比爾其實並不兇狠，但是因為牠大約有五十公斤重，加上一口白色銳利的牙齒，所以總是有辦法威嚇那些晚上走得太靠近舊貨場的人，使他們膽戰心驚。

我們將潛水艇命名為「潛水女神」，這是丁奇建議的名字。所以船身兩側都塗上了這個名字，而在潛水艇的瞭望塔上，我們則畫上了瘋狂科學俱樂部的徽章，徽章的圖形是一根試管和一個望遠鏡交叉重疊在一個骷髏頭上面。最後我們放進新的電池，並且測試它的電動馬達，當它能夠順利運轉之後，我們覺得差不多是時候了，可以將它搬到長毛象瀑布下的秘密石洞去，最後的修飾工作可以在那兒完成。

現在先不要問我，我們是怎樣將潛水艇移到石洞裡去的，那是我們的秘密。當我們將它搬進石洞之後，我們便可以悠悠哉哉地慢慢做剩下的整理工作，而不會被很多人圍觀或是指指點點地干擾了。拿掉了魚雷發射管之後，船艙裡頭可以輕易地坐進四到五個人。我們也決定要將船的前半部設計成一個可

潛水
神

對外觀察的地方，所以裝置了兩盞很大的探照燈，作為水底下的照明；其中一個裝在船首，另一個裝在瞭望塔。我們也向位於維西街的國家駐軍兵工場商量，很幸運地拿到了從舊坦克車上取下來的防彈玻璃，那可是第二次世界大戰所遺留下來的坦克車呢！我們把防彈玻璃安裝在瞭望塔上，這樣一來，就能夠觀察四面八方了。

事情一直進行得很順利。直到有一天，我們發現船艙裡頭有帶沙子的腳印，還延續至瞭望塔，而且在控制艙裡頭也掉進了一些沙子，我們確定有其他人闖進來了。因為亨利和傑夫相信「紀律」和「整齊」是基本的艦艇管理守則，所以每次我們工作告一段落後，總會將現場清理得很乾淨。於是我們將潛艇整個仔細地檢查一遍，最後確認沒有一處被破壞，所有部位都能正常運轉，也沒有丟掉任何東西。這表示，那個來過這兒的人只是個好奇的參觀者。但是，即使是這樣，還是很讓我們擔心。

「一定是哈蒙．摩頓那幫人幹的，」丁奇說：「沒有其他人的腳會那麼髒的。」

「你推論得真好呀！」莫泰蒙說，帶著他一貫說風涼話的聲調。

「我敢打賭他們一定正在計畫破壞行動。」丁奇悲觀地說。

「我不覺得他們會想要幹這樣的蠢事，」亨利說：「能夠來到這裡的人，鐵定是個很會游泳的人，這是我們都知道的，而且他一定也是好奇心很重的人。如果是哈蒙那幫人的話，那我猜一定只是因為眼紅忌妒，而想要偷偷來看看潛艇的內部而已。」

「你先別急著下定論。」費迪警告說：「我不信任哈蒙那傢伙，連我的寵物蛇我都不放心托給他照顧呢！」

「不要再煩惱那個人是誰了，想想怎麼解決吧！」傑夫說。

「也許查克可以將他的凱撒．比爾借給我們，然後讓牠每天晚上都在這兒過夜。」荷馬建議。

「這是個好主意！」傑夫附議：「但是查克的舊貨場也不能沒有牠耶！」

「我提議由費迪和丁奇每天晚上睡在這兒看守，直到我們完成所有的整修工作為止。」莫泰蒙說。

「我提議由莫泰蒙每天晚上把潛水艇開到湖底去，並睡在裡頭直到天亮。」費迪說。

「這個提議太棒了！」丁奇說。

「我很感激各位發揮如此的幽默精神，但是讓我們用腦子來思考好嗎？」亨利說：「這兒只有一個出入口，我們可以很容易地在這裡設下機關，這樣不就可以知道是誰偷溜進來這裡了！」

「總算有人提出像樣的建議了！」傑夫說：「那麼，亨利，你覺得我們應該要怎麼做呢？」

「我們只要在石洞入口的上方裝設一個電眼，將它連結到我們的無線電對講機系統上。然後我們可以從這裡拉出一條電線，連接到高速公路邊的公共電纜線上，接著我會在我家的接收器上頭裝一個監視器。如果半夜我接收到電眼裝置被啟動的訊號，我就會按下緊急按鈕通知各位。」

亨利的建議其實很簡單，因為我們早就已經架設好一個利用公共電纜線的私人通訊網了，這樣做根本就不必花錢，而且也沒犯法，只要你的無線電使用不超過公共電纜負荷的電力上限就好了。於是我們將手邊整修潛艇的工作暫時停下來，這一天剩下的時間都用來到處搜尋我們所需要的各種零件，以便架設警報系統。

當天晚上，就在我剛剛要睡著的時候，我房間裡的警鈴就響了。亨利透過對講機告訴我們，有人已經侵入石洞，啟動警報系統了。看來，我們裝設這個警報系統的時間，可說是剛剛好啊！亨利將我們藏設在石洞裡的麥克風轉接到通訊系統上，好讓我們全都能夠聽到有人正在石洞裡胡說八道。那正是哈蒙那一幫人裡頭的史東尼．馬汀，他是個大嗓門。他正假裝自己是拉克爾伯爵本人在發號施令，以帶點德國口音的腔調鬼叫著各種指令。光是聽到他的聲音我就想吐了。

「亨利，我們走！」傑夫說：「大家出發前往石洞去。」

我馬上跳起來穿上褲子，套上襯衫，然後就從我房間窗戶外的排水管滑了下去。就在這時候，我才想起來，我爸爸已經把我的腳踏車鎖在車庫裡了。他罰我這兩天都不准騎腳踏車，因為我忘了除草。我在牆角下的黑夜中站著，不

知道該怎麼辦，嘴巴喃喃自語地一直咒罵，用各種難聽的名詞把我老爸罵了一遍，也踢了房子側牆好幾次。當我冷靜下來之後，我才想到應該再從水管爬回房間去，用對講機呼叫其他夥伴，叫人來接我。但是到了這時候已經來不及了，他們一定都已經出發了。我甚至想到要偷溜進我父親的房間，把車庫的鑰匙偷出來，但是我猜這樣一來，可能會吵醒其他人，那我可就慘了。所以我又踢了房子幾下出氣，然後就走到馬路上，往丁奇家走去。

丁奇住得離我家最近，所以我可能還來得及攔截他。他也是俱樂部裡個子最小的一個，所以我可以騎著他的腳踏車去瀑布，而他則坐在車子的前橫桿上。我溜進他家的後巷，爬過欄杆走進後院。他家的後院非常的暗，我根本就看不清楚他的腳踏車是否還在那兒。我學了幾聲貓叫，然後等個幾秒鐘，但是卻沒有任何回應。所以我就又叫了一次，比前一次更大聲一點，也拉長了叫聲，這次我聽見有人的聲音，當我往院子裡最黑暗的角落看過去時，突然間，有某個東西從他家樓上的窗戶裡飛出來，落在我身旁的木籬笆上。我沒有時間留下來看清楚那是什麼，只是馬上轉身飛奔，快步跑向長毛象瀑布。

我大約花了半小時的時間才抵達瀑布，所有其他人都已經坐在一棵大橡樹下，開起了作戰大會，通常我們也是將腳踏車藏在這棵樹附近的草叢裡。

「你到底去哪裡了呀？」亨利問我：「我們已經等你等了大半夜啦！」

「也許是他媽媽不讓他出門。」莫泰蒙對著我抿抿嘴唇，假裝一臉無辜的樣子。

「閉嘴！」我大吼，往莫泰蒙手臂上捶過去。然後我編了一個謊：「我腳踏車的輪子破了，所以我是一路跑來的。」

「那我們開始行動吧！」傑夫催促說：「在湖岸排成一縱隊，然後一個接一個游到瀑布下方，不可單獨進入石洞，要等到所有人都游到入口處，然後一起將他們全部一網打盡！」

每個人都脫掉衣服，只剩下短褲。傑夫把臭臭彈分發給我們，每人三顆。

「如果你有機會攻擊時，盡量攻擊他們後背的中央，因為那兒是最不容易洗乾淨的地方。」

我們開始往河岸陡峭的小路走下去，莫泰蒙在前面帶頭，我則像往常一樣，走在隊伍的最後面，丁奇和費迪在我的前面。當時沒有月亮，所以非常暗，我們必須憑感覺來摸索這條路。緊緊貼著岩石堤岸前進，我的心臟噗通噗通跳個不停，而且我也聽見了丁奇和費迪兩人呼吸喘息的聲音。突然間，我們聽見一陣隆隆的吵雜聲，接著是一道幾乎要刮破耳膜、像打雷般的撞擊聲音，連地面都劇烈地震動了一下，整個湖邊堤岸幾乎往上震高了三十公分，我們全都緊緊抓住堤岸的石頭或是草叢，所以才沒有掉進水裡，而我的腦袋瓜足足暈眩了一分鐘之久。

「我的媽呀！」莫泰蒙喊叫：「半個瀑布都給震垮了！」

「在更多東西鬆動、掉落以前，我們得趕緊離開這兒。」傑夫吼叫：「查理，往回走。」

我轉身並且試著摸索路面，往回走到堤岸的上方，丁奇和費迪則緊緊跟在我後頭，劇烈地喘著氣。當所有人都回到堤岸上之後，我們沿著堤岸，走到一個可以觀察瀑布、視野較佳的位置。藉著我們手電筒的光亮，可以看見瀑布上方的岩石坍塌了下來，造成岩壁上一個巨大新月形的空洞，這是過去所沒有的，而一股穩定的水流正從那兒流下，接著撞擊到瀑布底下的一堆石頭上面，而那兒正是原來石洞的入口處。

「石洞被封住了！」莫泰蒙喊叫：「如果哈蒙的同黨還在裡面的話，他們要怎樣出來呢？」

「剛好是給他們的懲罰，誰叫他們要來搗亂呢！」費迪一邊說，還一邊興奮地上上下下跳著。

「喔，你真是充滿人道主義的慈善家耶！」莫泰蒙反諷費迪，接著又說：「我們應該要下去那兒營救他們。」

「等一下，」傑夫謹慎地說：「先不要急著下去，我們不知道還會不會再發生事情，那些岩壁有可能隨時再次鬆動，掉落下來。我們剛剛算是命大，在落石發生時，我們還沒游過去那邊。」

「如果不是查理遲到，現在我們可能已經在那邊了。」丁奇說。

「查理萬歲！」費迪說。

突然間，我不再因為老爸把我的腳踏車鎖在車庫裡，而生他的氣了。

「我們根本不可能搬開那些石頭，」亨利加入討論說：「那些石頭太大了，我們首先要做的事，應該是打電話向警方報警。」

「我們怎麼知道他們是不是還在裡頭？」荷馬說：「如果在這樣的大半夜裡，把警察叫出來，只是為了這樣一樁不確定的事情的話，那我們可就是自找麻煩了。」

「要確定這事還不簡單，」亨利說：「我們只要連上對講機線路，看看是否可以和他們對話，不就知道了。」

「如果他們真的對我們的潛艇幹了什麼好事，我希望他們全部都淹死！」費迪說。

「那我們手上的這些臭臭彈怎麼辦？」丁奇問。

「吃下去吧你！」莫泰蒙說：「因為你可能會沒有早餐吃喔！聽著，你現在就給我閉嘴，好讓我們團隊裡有腦筋的人能夠安靜地想一想，我們接下來到底該怎麼做。」

由於亨利的遠見，我們以前就在湖邊堤岸上裝設了一個無線電對講機的插頭。唯一要擔心的就是，不知道線路是否被掉落的石塊給壓壞了。亨利和莫泰蒙穿過瀑布邊緣的草叢和岩石，找到了插頭，然後把亨利的攜帶式對講機插了上去。

「喂喂！」亨利對著話筒喊叫：「我是亨利・摩里根，我是亨利・摩里根，如果聽見我的聲音，請大聲回答。」

我們全都屏息靜待，努力注意聽是否有聲音從接收器傳回來，但根本就聽不到任何回音。

「如果他們真的在裡面的話，被你這麼一吼，一定嚇得魂飛魄散了，你再試一次吧！」

亨利的嘴巴更靠近話筒，說：「我是亨利・摩里根，呼叫哈蒙・摩頓，呼叫哈蒙・摩頓，如果你聽見我的聲音的話，請走到對講機前面，有一個就綁在水池旁邊的跳水板下面，還有另一個在靠近入口處的頭頂上方。如果你們還有人在裡面，讓我們知道，這樣我們才能幫助你們。」

我們等了差不多整整一分鐘，接著便聽到吱吱喳喳的雜音。

「哈囉，哈囉，哈蒙是你嗎？」亨利重複叫了好幾次。

「喂，我是哈蒙．摩頓。」終於傳出一個相當微弱的聲音，幾乎只有亨利聽得見：「你到底要怎樣，摩里根？」

「謝天謝地，線路還是完好的。」亨利興奮地說。然後他用手把發話筒蓋住，對我們說：「他問我們要幹嘛？」

「現在，你覺得更喜歡我這位厚嘴唇的堂弟了嗎？」費迪不爽地說：「你們看，他又來了，都已經被埋在地底下數百公尺的地方了，還只想知道我們要幹嘛？」

「告訴他，我們只是想要知道，他們是否安全無事，還有，總共有幾個人在裡面？」傑夫說。

「哈蒙，哈蒙，你沒事吧？」亨利對著話筒大喊。

「沒事，我好得很。」傳來細小的回答聲：「這回，你們這些傢伙又在我們身上玩什麼詭計啊？」

「哈蒙，我敢對老天爺發誓，我們根本什麼事也沒做呀！」亨利回答：

「瀑布上方的岩壁有一部分垮下來了，現在有一大堆大石塊把石洞的入口給封住了。」

「你不是在騙我吧，你這太老套了啦！」哈蒙諷刺地說：「沒有其他舊新聞嗎？摩里根先生。」

「天啊！拜託，我真想在他鼻子上揍一拳。」費迪說。

「對了，先順便問一聲，摩里根，」又傳來哈蒙的聲音：「你怎麼會知道我們在裡面呢？」

「在石洞入口的地方有一個電眼，」亨利回答：「當你們進入石洞時，就啟動了它，然後它就會對我們的通訊系統發出警報。」

「非常聰明！非常聰明！」哈蒙說：「我想，我們永遠都沒辦法像你們這樣聰明了！那麼，現在我們要怎樣才能離開這鬼地方呢？」

「你們有幾個人在裡面？」亨利問。

「我們總共有六個人，」哈蒙說：「這樣合乎被營救的條件嗎？」

「我們會馬上和警察聯絡的。」亨利說：「我也不知道他們要如何把你們救出來，但是我一定會想出辦法的，你確定你們都沒事嗎？」

「是啦！是啦！我們全都沒事，這裡頭好得很，只要趕緊把我們救出來，來得及吃早餐就好了！」

「對於一個被困在石洞裡的傢伙來說，他聽起來一點都沒有害怕的感覺。」荷馬說。

「你是知道的，這傢伙可狡猾得很，超愛面子的。」莫泰蒙說：「不過，我總覺得聽起來有點不對勁。」

「那是因為哈蒙低沉的嗓音在作怪，」費迪說：「他就像是一把長著大嘴巴的低音大提琴。」

莫泰蒙從領子抓住費迪，用拳頭關節大力地在他頭上來回摩擦，假裝在拉提琴。

既然我們當初沒有特別派人留守在傑夫家穀倉的俱樂部基地，所以我們現在就沒有辦法用無線電和警方連絡。唯一的辦法就是騎車回市區，然後從最近的一個電話亭打電話給警方。傑夫和莫泰蒙自願跑這一趟，我們其他幾個就忙著盡可能對石洞入口處的情形，做一個更完整的勘查。傑夫和莫泰蒙至少要花十五分鐘以上，才能回到市區。根據我們的經驗，之後至少又得再花半個小時的時間，普特尼警長才能叫醒他的人員來到瀑布這兒。而且從現場的情況看來，他們一定需要重機械的幫助，才能移開這些石塊。所以也許又要再花一個小時的時間，他們才能夠找來足夠的器械裝備，然後真正展開救援的行動。

石洞入口確確實實被好幾噸的石頭給完全封住了，當我們用手電筒往那堆石頭照過去，仔細觀察時發現，瀑布上方原本突出的岩塊已經斷落了一大塊，所以右手邊一注急流就直接往石洞入口處衝進去，那麼，這些水很有可能也往石洞裡頭流了進去。

於是，亨利又回到對講機那兒，再次呼喊哈蒙。「哈蒙！」他大叫：「是不是有水往石洞裡流進去了?你們沒事吧?」

「我們好得很。」哈蒙回答：「這裡頭乾燥得像沙漠一樣。從現在起，你可不可以別再煩我們了，我們正想睡一覺呢！你只要專心想辦法救我們出去就可以了。」

「沒問題！」亨利說：「但是你要派一個人守在對講機旁，這樣我們才能隨時和你們連絡。」

「羅傑！」哈蒙大喊另一個人的名字。

「這些傢伙竟然還能睡得著！」荷馬不可置信地說。

「不然，他們還能做什麼呢？」亨利聳聳肩說：「他們現在只能等待被救，而且最好保留點體力，到時說不定用得上呢！光就這一點，我們可得認輸。你必須承認，他們並沒有害怕得亂了手腳，這真的蠻了不起的！」

過一會兒，我們就聽到警笛「喔咿——喔咿——」的聲音靠近，接著一部警車在高速公路邊煞車的刺耳嘰軋聲。兩位警官喘著氣，慌忙地走下小路來，傑夫和莫泰蒙正走在前頭帶領他們。

「你們怎麼知道，有人被困在那裡面？」其中一位警官問，一邊用他的手電筒照向瀑布底端烏黑不可測的深淵。

「我們和他們聯絡上了。」亨利說。然後他解釋了整個對講機系統的事給警官聽。「如果你要的話，你也可以和他們通話。」他提出建議。

「啊，沒關係啦！」警官說：「看起來，我們在這裡真的有活要幹了。」

他將手電筒往那一大堆石塊照過去時，帶著驚訝的語氣自言自語說：「我的天呀！那些石頭一定有好幾噸重吧，要移動這些石頭，鐵定要有重工程機械裝備才有辦法吧！而且我實在不知道有誰可以下到那邊去做這件事！裡面的那些小鬼安全嗎？」

「到目前為止，他們沒事。」亨利說。

警官將手電筒往瀑布的最頂端照過去。

「上頭的岩壁邊緣隨時都有可能鬆動落下，」他說：「如果這樣的話，那整個石洞可能會全部垮下來呢！」

「的確有這種可能。」

「那我們沒有時間可浪費了！」他轉身對另一位警官說：「艾爾，回到警車上，告訴普特尼警長，他最好向鎮長報告，說我們手上現在有個燙手山芋，情況相當嚴重。告訴他，我們建議最好以緊急事件的規模來動員，請求救援設備的支援，而且最好請民防緊急工作隊的人也過來。」

於是，另一位警官便快速地從小路爬上去了。

「等一下，艾爾，你打過電話之後，試試看能不能把路旁圍欄拆掉一小段，好將車子開下來這裡，我們需要在這兒使用無線電。」

「我們可以去拆欄杆！」傑夫喊叫。於是他和莫泰蒙也快步跑上小路，跟在警官後頭。

有時候，事情的進展也會快得出乎意料。不到一個小時的時間，整個河岸已經聚集了許多人和車子。由於當局對外發出呼籲，召集各種特殊的救援設備，再加上有人宣稱可以從漩渦處引出水柱，利用水流的力量沖走石塊，所以又引來了更多人前來觀望。一時之間，場面非常混亂，到處有人叫嚷著各種命令，但是幾乎沒有一件事能被貫徹執行。看著這一切的發生，實在教人激動。

郡警隊的機動救援小組已經來到，而且將整個區域都裝上了高照度的搜索照明燈。民防緊急工作隊隊長塞斯．愛莫瑞應該是主持整個救援工作的總指揮，但是鎮長斯桂格說得可比他多得多。他不斷大喊著，下達各種命令給普特尼警長和消防局局長海仁．皮克里，其中有許多事早就已經有人去做了。針對如何進入石洞救人一事，鎮長幾乎對任何提議都表示贊同，甚至不管那些提議有多瘋狂。有人建議找來一部附有長柄挖杓的起重機，好將部分石頭從石洞入口處挖走。但是一位被叫來現場的工程領班說，他們的起重機裡頭，即使是桿臂最長的，也還是無法從河岸伸到落石堆那邊。若真要這麼做，那就需要至少兩天來建造一座向瀑布方向延伸出去的水上船塢，作為起重機操作的基地。接著又有人建議，建造一座浮橋連結到落石堆那兒，然後試著在石堆中穿鑿出一個洞，那樣就可以插進一管波浪鐵皮大排水管，連通石洞內部，形成一個逃生的通道。但是這個方法被認為太危險了，因為如此一來，瀑布上方的岩壁碎石可能隨時會掉更多下來。另外還有人建議，應該拉起一條雙筒救生索，穿過瀑布的前方，好讓一個或兩個人游過去，試著用撬鉤推走一些石頭。但是這個主意也被認為根本不切實際。甚至有人建議，乾脆冒著風險，用炸藥炸開這堆石塊。這不用說，幾乎所有的人都反對這個意見。

《長毛象瀑布報》也派來了一位文字記者與攝影記者，穿梭在人群當中訪問官員及警察，並聽取旁觀者的意見。記者想要和石洞裡的男孩說話，斯桂格

鎮長說：「當然沒問題呀，只要你能想出辦法進到石洞裡去就可以啦！」

「但是，我以為你們和石洞裡有某條通訊線可通話，」記者說：「其中一位警官告訴我說……」

「這我可就不清楚了，」鎮長說：「那你得去問問那些年輕的魔術師了，他們就是把我們給扯進這團麻煩事的始作俑者。」

「我想他們應該不想被打擾，他們都已經睡著了。」當記者問亨利時，他回答說：「更何況，我聽說，待會兒也會有電視攝影機組人員從白叉鎮的電視公司過來，為什麼不等他們來了再說。」

記者生氣地大聲嚷嚷說：「是我先到的耶！」他抱怨著：「我必須寫出一篇特別報導耶，如果你們讓電視台的傢伙先取得故事，害我搞砸的話，我老闆一定會開除我，叫我滾蛋的。」

「喔！」亨利說。

「哎呀，真糟糕！先生，我們也不希望你因為六個小鬼被困在石洞裡的小事情，就被開除，丟了工作呀！」費迪說。

「我也不是這個意思啦！」記者說：「但是，這可是一個大事件啊！而且就發生在我們自己鎮上的後院耶！記得上個月在歐馬哈，有個小女孩被困在井裡的事情吧！你看到電視台是如何處理那條新聞的嗎？他們讓全國的人都盯著他們的電視頻道，看了整整三天耶！那麼你能想像，他們將怎樣來處理這件有六個小鬼被困在石洞裡的新聞嗎？」

「是呀，我可以想像。」莫泰蒙說。

「那麼，我是否能夠和石洞裡頭的孩子先說說話呢？」

亨利還是不甩他，聳聳肩，蠻不在乎的樣子。

「嘿，你這是什麼意思？」記者帶有攻擊性地問：「這裡是由你在當家作主嗎？」

「不，我不是。」亨利說：「但是，這是我的對講機。」

「喔，那我了解了，」記者伸手取出皮夾：「那麼五塊錢夠不夠呢？」

「哦呵！哦呵！這才上道啊！」費迪說。

「我可不要你的錢，先生。」亨利舉起一隻手，往費迪臉上推過去說：

「等電視台採訪小組的人也來到之後，我們就會讓所有的人同時和他們對話。」

記者無奈地在空中揮了揮手，轉身走了。

突然，他好像想到什麼似的，把攝影師拖到一旁，用現場每個人都聽得到的音量大聲說：「你敢不敢打賭，我猜那石洞裡頭根本就沒有半個小鬼，你知道的，很可能只是這些小鬼編出來的鬼話。」

「對耶，你說的沒錯。」攝影師說：「我們根本就不能確定是不是真的有人在那裡面啊！不過，如果是這樣的話，也算是另一種蠻有賣點的新聞喔，你看看，這裡聚集了這麼多的人，而且……」

傑夫走到亨利旁邊說：「看來，我們還是讓他們先和哈蒙說個話吧！」

「好吧！」亨利說：「我看也只好這樣了。」

經過幾番嘗試，亨利總算說服哈蒙拿起對講機開口說話，而且也讓記者和他聊幾句。哈蒙說他沒事，而且也對記者報出了和他一起在石洞裡的其他五個人的名字。他叫醒了史東尼．馬汀，要他和記者也說上幾句話。他們說話的時候，攝影師拿著錄音機，將收音麥克風緊緊貼著對講機話筒，把整個對話的內容全部錄了下來。

「你會不會擔心沒辦法出來？」記者問。

「不會，我們不擔心。」哈蒙說。

「我也相信，他們一定會很快就安全地救出你們。」記者很愉快地說。

「告訴他們別急，慢慢來呀！」哈蒙打了一個哈欠回答：「只要我們能夠來得及回家吃早餐，就可以了！」

「呀呼！這下我可真的拿到獨家新聞了！」當記者將他的筆記本塞進口袋時說：「『告訴他們別急，慢慢來呀！』這些小鬼竟然這麼說，你能想像嗎？我的老天！電視台的人會羨慕死我的。」

「嘿！我敢說，這捲錄音帶一定可以高價賣給各家電視台。」攝影師邊說邊轉身踏上小徑，往高速公路那邊回去。

「你們難道不留下來看，他們最後是否安全獲救嗎？」莫泰蒙對著他們的背影大聲喊。

「抱歉了，」記者也喊著回答：「我們的截稿時間到了。」

他們就這樣離開了。

「真是卑鄙的傢伙。」丁奇說。

當電視採訪小組從白叉鎮趕到時，整個救援行動剛好陷入一片僵局。有幾個人駕了一艘小船，到瀑布下方去勘查突出的岩壁，看看是否能夠在那兒固定一條索鏈，以便從岸邊架設一具消防梯延伸過去。但是，勘查的人回來報告說，根本不可行。於是，斯桂格鎮長在大橡樹下召開會議，徵詢大家的意見，看看接下來該怎麼辦才好。結論是，最好的方法便是在溪床上建造一個基座，好讓巨型起重機能夠架設在上面來操作。鎮長問說，運來建造基座所需要的石塊和填充塊，大概需要多久的時間，而且是否真的有辦法使用滑輪吊索，將起重機從如此陡峭的堤岸邊吊下去。塞斯·愛莫瑞提議將附近地區的卡車全都徵召來，組成一個緊急運送車隊，從這堤岸邊到整條白叉路路段，一路都由警車前導護送。這樣的話，估計大概要花半天到一整天的時間才能完成，然後才能開始展開真正的救援行動。

鎮長在開會的這一段時間，電視採訪小組的導演，一直在人群裡來來回回地穿梭，手指不停地搔著頭髮，每三十秒就看一次手錶。等會議結束後，他走到斯桂格鎮長身旁，並且將手搭到他肩膀上。

「那麼，這就表示說，從現在開始到大約中午以前，或者甚至是晚上以前，都不會有其他救援行動囉？」

「如果你是在問說，我們何時能夠把這些孩子救出來的話，那你就說對了。」

「那麼各位，我看我們好像也可以打道回府了，回去先睡個大頭覺再說囉！」導演對採訪小組的其他成員這樣說。

「請便！」斯桂格鎮長說：「我看，我們還要在這裡待上好一陣子吧！」

「既然都來了，何不趁機拍些鄉下風光呢？」其中一個攝影師建議。

「對喔！也許我們是應該拍點東西。」導演捏捏下巴說：「耶！多虧了你，這下我有更好的點子了。」他轉身對鎮長問說：「是不是有什麼辦法，可以讓我們將攝影機送進石洞裡去？」

斯桂格鎮長圓瞪著眼睛對他說：「如果我想得出這樣的辦法，那我不早就把那些孩子救出來了嗎？」他生氣地說：「你鬧夠了吧！現在就給我閃開，別再來煩我了。」

導演被說得有些不好意思，臉上紅通通地走了開來。突然他覺得有人在拉他的袖子，是傑夫．克羅克。

「嘿！先生！」他說：「我倒是有辦法幫你將攝影機送到石洞裡去，但是需要用到很長的電線，而且所有器材都必須是防水的。」

導演看著傑夫，不確定他的話可不可信。「到底需要多長的電線？」他問。

傑夫聳聳肩膀說：「也許要一百多公尺長，我也不是很確定。」

「我希望你不是在開我玩笑。」導演說：「我們沒有帶那麼長的電線來，但是我們可以請人送過來，你確定有辦法將攝影機送進去？」

「沒錯，我們有把握一定可以的。」傑夫說：「因為我知道要進入石洞的話，還有另一個入口，但是你得要……。」接著，傑夫開始用手搓揉著下巴，

「等一下！」他興奮地說，並且一邊往我們這兒跑過來。「亨利！」他抓住亨

利的肩膀說：「我想到了！我有辦法救出那些小子了！就用我們上次將潛水艇放進去的方法啊！只要有足夠的潛水裝備就搞定了！」

「不要叫這麼大聲好不好！」莫泰蒙警覺地說，還轉頭瞄了電視導演一眼。

「對啊，」費迪說：「長舌男！你這樣會把我們的秘密都洩漏出去。」

「費迪，你閉嘴！」傑夫說，然後用手往他臉上推過去：「現在最重要的是救出哈蒙和他的死黨耶！」

「我們可以回去把我們的潛水裝備給拿過來，」莫泰蒙提議說：「然後傑夫和我可以游進去，把他們一個一個地帶出來。」

「如果用潛水艇的話，不就更有效率，一次就全都救出來了。」丁奇說。

「酷喔！」亨利附和說：「至少值得試一試，我們最好快去告訴鎮長。」

「你們幾個會把一切都搞砸的。」費迪拼命喊叫：「整個鎮上的人，包括哈蒙，全都會知道我們有個秘密通道的事了。」

「你們到底在吵什麼啊？」電視導演問，一邊往我們這頭走過來：「你們到底有沒有辦法把攝影機弄進去呢？」

「暫時先把你的攝影機晾到一邊吧！先生，」我們一邊往站在橡樹下的鎮長走去，傑夫說：「我們現在有更重要的事情要先去辦了。」

「喂，你們說的秘密通道是怎麼回事？」導演抓住費迪的手臂問。

「哪有什麼秘密通道啊！」

「就是通往石洞的秘密通道啊，小笨蛋！」

「喔，你說的是那個秘密通道啊，那干你的屁事！」費迪將手臂從那人手上掙開，跑過來跟上我們。

「又是你，摩里根先生，現在又怎麼了？」當亨利走過去拍拍鎮長的肩膀時，斯桂格鎮長不耐煩地問。

「我們有辦法可以救出那些人了。」亨利單刀直入地說。接著開始詳細說明在瀑布下方、水面底下有個秘密隧道，而隧道可通往石洞內的水池，以及我們當初穿過水底隧道將潛水艇運進石洞的經過。

「那隧道大概只有六十公尺長，」傑夫補充說：「那是有一天我們在玩浮潛時發現的，隧道入口的地方大約是水底下三公尺深的地方，位置差不多就在你正打算要填進石塊，做為起重機基座的地方。如果真的倒許多石頭下去的話，那隧道很可能會被你全部堵死了。」

斯桂格鎮長滿臉狐疑地盯著他們看。「每次只要我聽信你們這些小鬼的話，就會給我自己惹來一屁股麻煩。」他的手往額頭用力拍了一下，求饒似地說：「在這大半夜裡，你們已經將鎮上至少一半以上的人弄到這兒來了，難道這樣還不夠嗎？」

「鎮長，別聽他們胡說，」費迪一面用手肘推開我們，走上前來，一面乾脆地說：「他們全都在胡說八道！」

「我已經說過，要你別再插嘴了！」傑夫說，一邊又用手推他的臉，費迪雖往後退了幾步，卻也馬上彈了回來，而且還用腳踢傑夫的小腿。莫泰蒙從肩膀抱住費迪，把他拖到旁邊去。

「冷靜，費迪！」莫泰蒙像是抱著一袋跳霹靂舞的馬鈴薯似的，他說：「傑夫很清楚他在做什麼。」

「他是個守不住秘密的大嘴巴！」費迪大聲嚷嚷：「他把我們所有的秘密都說出來了！」

「秘密哦？」斯桂格鎮長說：「你們是說，你們真的在那底下的石洞裡藏了一艘潛水艇？」

「我敢對天發誓，」傑夫說：「是真的，你可以去問查克．波尼菲，是他用卡車幫我們載潛水艇過來這邊的。」

「然後你們穿過水底隧道，把它搬進石洞裡去？」

「我們不是用搬的！」

鎮長沉思了一會兒，然後轉身去和塞斯．愛莫瑞談。接著，普特尼警長以及皮克里局長也加入會議。他們四個人就站在通往水岸邊的小路前端，小聲地討論了一會兒，最後鎮長終於轉身向傑夫和亨利走來。

「我們現在必須開始行動，而且要快。」他說：「你們說可以穿過水底隧道游進石洞去，然後將那些男孩給救出來，是這樣沒錯吧？」

「是的，」傑夫說：「如果他們也會使用潛水呼吸器的話，我們就可以帶領他們游出來，如果不會的話，那我們就試著用潛水艇將他們載出來。」

「這倒是值得試試看。」鎮長說：「但是我得派兩名警署救援隊的人跟著你們，我們可不允許再發生其他任何的意外了！」

「好啊！」傑夫說：「我們可以帶領他們游進隧道，但是我們得先回市區去拿我們的潛水氧氣筒，那些裝備都放在我家的穀倉裡。」

「倒沒有那個必要，」皮克里局長說：「救援大隊有許多潛水裝以及你所需要的任何裝備。」

「太好了，」傑夫說：「這可省下我們不少時間呢！」於是，他和莫泰蒙馬上開始換裝，全身的衣服脫到只剩下一條內褲。這時候我們根本想不到，最後事情的發展結果顯示，如果此時傑夫和莫泰蒙回去俱樂部基地拿潛水裝的話，反而才會真的替我們省下不少時間與麻煩。

因為救援行動即將開始的關係，岸邊人群的氣氛也瞬間變得不一樣了。有兩個小孩志願潛入水中，穿過一個神秘的水底隧道，進去石洞裡救人的事，很快地在現場傳開。不管是救援人員或圍觀群眾，每個人都難掩興奮之情，全都想擠到救援行動小組旁邊去看準備的情形。

救援隊的兩名警員為傑夫和莫泰蒙拿來了氧氣筒和潛水面罩，然後他們四個人彼此之間用一條尼龍繩綁在一起，而且決定由傑夫在最前面帶路，莫泰蒙則墊後，並負責攜帶通訊電纜的滾軸，一路將電纜拉進石洞，這樣救援小組的人就可以和岸上保持通訊，而且電纜線還可作為回程的指引線。兩位警員各自多帶了一套潛水裝備，而且每個人都帶著手電筒以及一把小刀。

那個電視導演現在也比較開心了，他繞著準備救援裝備的救援人員團團轉，試著要讓整個過程進行得慢一些，好讓他可以盡可能地將所有的人員及準備步驟都拍攝進去。後來，他甚至開始指揮起來，包括說救援人員應該走哪條小徑過去水岸邊啦，一次要一個人慢慢地走啦等等，直到普特尼警長派人將他客氣地拉到一旁，並且要兩位員警緊盯著他，直到準備工作結束。

傑夫率先走進水裡，「大夥兒跟緊一點。」他對身後的警官說：「隧道裡有許多尖銳的石頭從石壁突出來，我們必須盡可能地保持在通道中央的位置，隧道的地面有許多白色的沙，所以路線應該還蠻清楚的。」然後他戴上面罩，

用力吸了一口氣，打開了氧氣筒的開關。接著他便往漆黑的水中跳進去，後面的人也一個跟著一個往下跳，潛入水中往水底游去了。很快地，水面上什麼也看不見了，只有岸邊還殘留一長串的水泡，以及隨著莫泰蒙手中捲軸不斷放鬆、拉長而震動的通訊電纜線，在水面上漂動著。

當他們四個人探身跳進那黑漆漆的水面後，對於站在岸上的人們來說，現在什麼也不能做，只能等待了。除了看顧救援行動小組通訊車的人以外，全部的人都聚集到堤防上了。人們互相擠來擠去，都想要佔到較佳的觀看位置。但是，這時候唯一還看得見的，只有黑暗的石壁邊緣，以及水泡痕跡而已。有兩個人還因此跌進河裡，但是除了有幾個手電筒往他們那兒照了一下以外，根本就沒有人特別去注意。電視採訪小組的導演一直在碎碎唸著，說沒有讓潛水者順便帶一部攝影機進去石洞裡，真是太可惜了。不過，皮克里局長卻說有辦法解決他的問題，他願意借導演一副潛水裝備，這樣他就可以自己帶著攝影機潛進去了。聽到這樣的建議，導演最後的決定是，就算沒有拍攝到石洞裡的畫面，應該也沒什麼關係！

亨利和我們其他幾個人都像是被強力膠黏住了一般，守候在救援行動小組通訊車的旁邊，斯桂格鎮長也是。因為我們都知道，潛進石洞的人和岸上聯絡時，他們的聲音一定是通過這條他們所攜帶的通訊電纜傳出來。等待的時間很難熬，像是等了好幾個小時似的。事實是，差不多才過了十分鐘左右，這時，看顧通訊器的警員緊張地猛揮手，示意我們安靜下來。

「喂！喂！」他說：「福斯特，是你嗎？」他安靜地等待回音。

「喂！羅傑，聽到了。我們已經全部進來了。」

「他們已經進入石洞了，而且正在尋找那些男孩。」他向鎮長報告。

「順便問一下他，裡面是不是真的有一艘潛水艇？」斯桂格鎮長說，帶著不信任的眼神看了亨利一眼。

警員便又對著話筒說：「喂，福斯特，鎮長要知道，那裡頭是不是有一艘潛水艇？」

「沒錯，這裡確確實實有一艘潛水艇，但問題反而是，沒有任何孩子的蹤影哪！我們已經將這地方整個找過一遍了，裡頭真的沒半個人影耶！」

「你再說一遍？」

「我說，這石洞裡面沒有任何小鬼的蹤影，我猜，這整件事情恐怕另有玄機喔！」

「鎮長，您聽到他說的話了嗎？」警員說：「福斯特說，石洞裡頭根本就沒有人。」

「沒有人在裡頭？」鎮長驚呼！

「沒有人在裡頭？」亨利也跟著唸一遍。

鎮長轉身過來，看著亨利說：「摩里根……！」

「但是，應該是有人在裡面的呀！」亨利仍然不敢相信地說：「我們明明透過對講機和他們通話的！」

「摩里根！」鎮長氣得大喊。

亨利立刻轉身拔腿就跑，往我們設置在懸崖頂端的對講機插座跑去，我們其他的人也都跟在他後面一起跑。鎮長和普特尼警長當然沒放過我們，一路氣喘吁吁地追了過來。

「傑夫！傑夫！」亨利對著對講機吼叫：「你聽到我說話嗎？」

「我們可以聽到你，很清楚又很大聲。」傳來了傑夫的聲音。

「哈蒙和他的同黨怎麼了？他們跑那兒去了？」

「我不知道他們在哪兒，但是我可以確定的是，他們真的不在這裡面，我們已經將這地方仔細地搜過了。」

「你敢以童子軍的榮譽發誓，傑夫？」

「亨利，我敢發誓，我說的都是真的。」

「我真搞不懂了，」亨利陷入絕望地說：「就在不到半小時之前，我們才和他們又通過話的呀！」

當鎮長和普特尼警長從樹叢中走過來時，亨利仍然呆呆地站在那兒，手用力地摳著他的頭，看起來相當沮喪且難為情。

「這下好了，摩里根先生，到底是怎麼回事？」鎮長幾乎喘不過氣來了，好不容易吐出這句話。

「鎮長先生，他們現在是不在裡面。」亨利氣餒地說：「但是我也被搞糊塗了，半個小時以前，他們明明還在裡面的啊！」

「摩里根，你為什麼不乾脆告訴他們事實呢？」哈蒙．摩頓的聲音突然從我們上方某個黑暗處傳了過來。「說你原本就知道，我們不在石洞裡面呀！」話還沒說完，就傳來了一陣刺耳的爆笑聲。亨利轉頭往懸崖上端石壁的黑暗處望過去，他的下巴也同時掉了下來，嘴巴開得闔不起來。

「是誰在那上面？」普特尼警長問，用他那超強亮光的手電筒往石壁頂端照過去。

「摩里根，真是一場精采的秀呀！」這次是史東尼．馬汀像殺豬般刺耳的聲音：「那麼，最後的安可曲要表演什麼呀？」接著又是一陣此起彼落的爆笑聲。

很顯然的，哈蒙這一幫人根本就一直待在石壁上頭，像是在觀賞一齣好戲般的，故意看著我們一群人為營救他們而團團轉的整個過程。然而，因為我們全都籠罩在救援通訊車車頂的探照燈所發散出來的一大片亮光之中，所以根本沒有察覺到，有人高高在上地躲在石壁頂端的一大片黑暗之中。終於，普特尼警長的手電筒照到了史東尼·馬汀的白色T恤，他高高地坐在一棵樹上，趕緊躲開，往旁邊陰暗的地方挪了過去，一邊又忍不住哼哼咯咯地大笑起來，其他還有許多聽起來酸溜溜、帶著嘲笑意味的粗魯笑聲，也同時劃破黑暗，傳向四面八方。

「你們是怎麼爬到那邊去的？」亨利拉高聲音問，但是口氣相當無力。

「我們用雙腿走上來的呀！」哈蒙喊叫說。

「我是問你說，你們是怎樣逃出石洞的？」

「那還不簡單，我們根本就沒有進去啊！」

「喔，我拜託你好不好，哈蒙，的確有人跑進去啊！」

「是沒錯啦，我們派了一個人進去晃了一下，啟動了你的警鈴，這樣我們才能偷襲你們的俱樂部基地呀！我們根本整個晚上都待在傑夫家的穀倉裡。」

「你是說，當我和你透過對講機講話時，你的人都是在俱樂部基地裡？」

「是啊，沒想到只是啟動你的防盜警鈴這麼區區一件小事，就能夠像連鎖骨牌似的，讓這麼多事情發生，算你厲害，真是教我大開眼界啊！」

亨利只是呆呆地站著原地，說不出一句話來。當斯桂格鎮長和普特尼警長再次舉步維艱地要穿越矮樹叢，往回走時，他們一路爭論到底要不要逮捕任何人的聲音，也完全沒有傳進亨利耳裡。

「亨利，順便問一下，」史東尼．馬汀喊叫：「你們放在屋頂橫樑上的現金箱，要怎樣才拿得下來呢？我們整個晚上都快要想破頭了，還沒想出答案耶！」

亨利沒有回答，他只是把手上的對講機往石壁摔去，然後還把掉下來的許多碎片狠狠地踢進樹叢裡。在這以前，我可從來沒有看過亨利發飆的樣子呢！

造雨大隊長

長毛象瀑布鎮又到了酷熱的八月天，連小狗都躲得不見蹤影；而你一定也不敢在戶外隨便把嘴巴張開，否則恐怕舌頭也會被曬傷呢！我正坐在老尼德．卡斐的理髮店裡，隨便翻著一本雜誌，等著卡斐先生理完查理．布朗的頭髮，這時候傑森．巴納比也推開大門，慢慢跺著步走進來，噗通一聲坐進一張椅子裡，熱得不禁一直用手搧著風。

「傑森，今年的蘋果收成怎樣啊？」查理．布朗隔著蓋在他臉上又濕又熱的毛巾，客氣地問候。傑森在布瑞克山上有一座全郡最大的蘋果園，也是觀光客必到的示範觀光果園。

「如果再不趕快下雨，那就連一顆蘋果都不會有了！」傑森悲觀地抱怨，然後把前額的灰頭髮往後撥了撥說：「我從沒遇過像今年這麼熱的鬼天氣！」

「就是說啊！」尼德．卡斐也附和他說：「你看我這店門口那一塊小草皮呀，恐怕就快要給烤焦了，我看從上次下過雨到現在，已經超過一個月的時間有了吧！」

「比那還久了咧！」傑森又抱怨：「那些蘋果樹的樹葉幾乎都給曬乾了，你只要用兩隻手指輕輕一壓，就碎成兩半了。」

「我聽說，斯桂格鎮長已經邀請了一批真正的造雨專家，」查理．布朗說：「是一些來自農業部以及州立大學的真正行家喔！」

「那一定沒什麼用的啦！」傑森又悲觀地說：「去年他們就在克林頓鎮試過一次了，結果根本一點鳥用也沒有，只是灑下一大把鈔票，換來那些搞怪的瘋子和一大堆的吹風機器，還有可笑的小飛機罷了！哼，我看幹嘛不乾脆就跪下來祈禱，說不定還比較有用呢，只要萬能的天神受到感動，開口下個命令說：『下雨吧！』那我們就得救了。」

「你說的也沒錯啦，但是也沒有誰規定，我們不能幫老天爺一點忙呀！」

查理說：「鎮長和鎮議會不會做糊塗事的。」查理．布朗是鎮公所的財務長，而且他列席參與鎮議會已經有三十一年了，同時他也擁有長毛象瀑布鎮上唯一的一家喪葬禮儀公司，大家都很尊敬他，而且鎮上發生的大小事沒有一件逃得過他的耳目。

傑森．巴納比過了好一會兒都沒有再回應，他瞪著查理．布朗腳上那雙擦得亮晶晶的黑皮鞋。「你為什麼常常都穿新鞋子？」後來他終於開口：「我敢打賭，你一定是鎮上擁有最多皮鞋的人。」

「要你多管閒事！」查理．布朗說：「我們現在談的是這個受詛咒的鬼天氣！」

因為我斷斷續續地一直在打瞌睡，所以後來他們的對話，我就沒聽到多少了。每次在理髮店裡我都會昏昏欲睡，尤其是天氣熱的時候，等到卡斐先生用理髮圍巾撣了一下椅子，喊說：「下一位！」我才醒過來。

「你們瘋狂科學俱樂部難道沒有什麼法寶，好讓老天爺下雨的嗎？」當我爬進椅子時，他挖苦地笑著問我說：「你們幾個科學家，不是總有用不完的聰

明鬼點子嗎？」

「我想，如果真的有人能夠讓老天爺下起雨來，那一定是亨利．摩里根了！」在我再度睡著以前，我這樣回答他。

這時候，老尼德．卡斐並不知道，由於他不經意的挑逗，竟真的點燃我們不服輸的精神，無意間促成某件事情的開始。而且，差不多一個月之後，他大概會希望他當時根本沒有開口問過那句話。

因為放暑假，我們瘋狂科學俱樂部的人幾乎每天都混在一起，每天總有忙不完的計畫。理完髮之後，我連忙趕往傑夫．克羅克家的穀倉，想找其他人討論。關於要如何讓老天爺下雨這件事，當時我的腦子裡已經充滿了一大堆瘋狂的想法了。例如說，將一大塊海綿浸到草莓湖裡去，再將它用許多大氣球吊起來，飄到巴納比的蘋果園正上方，水就會自動滴下來了！

到了俱樂部基地，我看到莫泰蒙．達倫坡正在玩弄著火腿族無線電通訊設備，荷馬．斯諾格則悠閒地躺在角落一張老舊的彈簧床上，讀著一本破破爛爛的吉卜林詩集。

「嘿，你們來聽聽看，」荷馬說。

「如果你能夠始終保持冷靜的頭腦，

當你失去了一切，或是被眾人責備時。

如果你能夠相信你自己……」

「如果我脖子上長的是像你那樣的豬頭腦，我才冷靜不下來呢！」莫泰蒙大聲地說。

荷馬也不甘示弱地酸溜溜嘲笑回去，然後轉了一個身，將他的書靠在牆上繼續看。

「亨利和傑夫去哪兒了？」我問：「我有重要的事要討論。」

「他們在後院，正在洗克羅克先生的車子。」莫泰蒙說。

傑夫．克羅克的爸爸要求傑夫每星期要洗一次這部家用車。我們其實都應該幫他忙的，以感謝他讓我們使用穀倉作為俱樂部基地，但是通常最後都只剩下傑夫一個人獨自完成這項工作。當我找到他們時，很幸運的，他們幾乎已經洗好了。接著，我便將我在理髮店所聽到的全部告訴他們。

「我知道這次情況真的很糟糕，」傑夫說：「附近地區的所有農夫都在抱怨，而且我爸爸也說，如果再不趕快下雨，今年冬天就沒有足夠的乾草可以餵馬了。」

「要讓老天爺下雨很簡單。」亨利說：「你唯一要做的，就是幫忙創造出適當的天候條件。」亨利停止擦乾車子的動作，看到他那樣認真地思考起來，我就幫他把最後剩下的擋泥板部分擦乾。

「那些造雨專家什麼時候會到？」他問我。

「我不知道，但是荷馬的爸爸應該會知道，因為他是鎮議會的議員。」

「我建議在他們到達這裡以前，我們暫時先不要輕舉妄動。」傑夫說。當他把抹布攤開，晾到竹竿上的時候說：「畢竟，鎮公所付了大把的銀子請他們來，那他們就有責任完成任務，讓天公下雨！」

「你說呢，亨利？」我問。

「我想，我有一個好主意了！」亨利才說完，就直直地走出後巷，沿大馬路回家去了。接下來的三天，我們都沒看到他出現。不過這也不是什麼反常的事，因為每次亨利在思考事情時，都會像這樣躲起來不見人影。

之後，人造雨專家來了，我們全都跑出去看他們架設機器設備。他們有一種巨型吹風機，用來將空氣打成白色霧氣吹出來，整個山坡上到處都豎立著這種吹風機。他們還有兩架輕型飛機停放在郡上的飛機場裡，如果出現適當的雲層時，便可升空去散佈化學藥品。

丁奇・卜瑞還是和往常一樣好奇。

「它們噴出來的白色煙霧是什麼東東呀？」他問亨利。

「那是碘化銀結晶微粒，」亨利說：「他們是用來使水汽凝結成水滴的催化劑。但問題是，空氣中的濕度得夠，它才能產生作用，但現在這麼乾燥，我不認為會有什麼用。」

造雨專家就這樣忙碌了兩個禮拜，卻顯然沒有發揮太大的作用。偶爾是有下一點點雨啦，但是根本連沾濕地面都不夠。每天他們都有不同的藉口，一下說是風向不對啦、雲層不夠厚啦，或是說飛機太慢飛上去，來不及灑下藥劑等等啦！總而言之，這些專家每天做的事，都像在燒納稅人的錢一樣，貴得很耶！而農人們也都開始懷疑，鎮議會投入這樣高的成本是否划算。最後斯桂格鎮長和鎮議會只好召開一次大型公聽會，讓每個人表達意見。最後歸納起來的結論是，請專家來造雨真是一點鳥用也沒有的白費工夫！所以當查理・布朗宣佈說，鎮議會已經無法再負擔更多的人造雨費用時，也就是這些專家應該要下台一鞠躬的時候了。

然而，這卻也是亨利・摩里根決定，瘋狂科學俱樂部應該出馬行動的時候。我們在俱樂部基地召開了一次會議，亨利向我們說明計畫內容。

「這些造雨專家最大的問題就是，」亨利說：「他們的噴霧噴得太薄了，你不能將碘化銀結晶微粒漫無目的噴射在空中，而是應該於某個特定的時刻，針對某一塊雲朵去發射才可以。而且要確保產生效果的話，最好將所有的資源都集中在同一個地方。」

亨利從桌子底下拿出一個看起來長長的、表面光滑的管狀物，兩旁還有機翼似的東西。

「這是一個相當陽春的火箭炮，」他說：「但是它可以衝得很高，到達主要雲層的高度是沒問題的。在前頭的錐形空間裡，可以裝一個彈藥匣，裡頭放些火藥以及大量的碘化銀；然後我們唯一要做的，就是在適當的時候引爆彈藥匣，使碘化銀微粒擴散到雲朵裡去。在北義大利種植葡萄的果農們，這過去的二十年間就是用這個方法，來讓雨下在他們的葡萄園裡。他們每次只要靜靜地等待，直到出現了適當的雲塊時，再對著它發射火箭炮就可以了。」

「好傢伙！」費迪·摩頓說：「亨利，真虧你想得出來耶！」

「這不是我想出來的，」亨利說：「我只不過是讀了很多東西而已。」

「我也有讀，」荷馬說：「但是好像都沒唸對東西耶！」

「你從那些詩集裡是學不到東西的，那些根本就是垃圾！」莫泰蒙說。

「你也一樣啦，差別只是在於你根本就看不懂！」荷馬大聲地向大家下了個結論。

「那個火箭炮可以飛到多高的地方？」丁奇問。

「那就要看我們如何設計囉，」亨利說：「大部分帶有水汽的雲塊都是在一千五百公尺左右的高空形成的，要將裝有碘化銀彈藥匣的火箭炮發射到那樣高度的話，我們首先要算出需要多少燃料以及火箭炮的大小，不過這一點也不難。再來，如果我們也準確計算出火藥燃燒的時間，那我們根本不需要用到任何的計時裝置來引爆彈藥匣，火箭炮本身燃料的熱氣就足以引爆它了！」

「那我們就來大展身手，試它一試吧！」丁奇躍躍欲試地說，像是隨時隨地都準備好要嘗試新東西。

「首先，我們需要找到最適合的火箭炮設計。」亨利說：「我手上這個只是粗略的模型設計而已，我們大概得先做過許多不一樣的設計和試飛之後，才能將火箭炮的設計定案。」

接下來的幾天，我們忙得像無頭蒼蠅似的團團轉。晚上大部分的時間都用來拼裝火箭炮，地點是斯諾格家的五金店閣樓上，那裡可算是我們的機械廠房。等到白天的時候，就跑到草莓湖西岸的山丘上去試飛。我們試著以幾乎和地面垂直的角度發射火箭炮，這樣火箭的殘骸才會掉進草莓湖裡去。藉著觀察火箭炮體落入湖面時激起的水花，我們可以精確地估計出火箭炮發射所產生的動力大小，然後根據這個估算，亨利就有辦法精確地換算出這個火箭可以衝到多高的地方了。

等到我們差不多發射過二十種不同設計的火箭炮之後，亨利終於宣佈說我們已經有最完美的火箭炮了。於是我們開始大量生產，組裝了大約三十個火箭炮，裡頭都放了填有碘化銀的彈藥匣。為了讓火箭炮能穩穩地架在發射台上，我們在發射台上設計了可以讓機翼剛好嵌入的凹槽。當作燃燒動力的是混合了鋅和硫磺的粉末，然後在每個火箭炮裡連結一個電子導火管作為點燃器。原本我們可以光用一根火柴就點燃火箭炮的，但是亨利說這樣不夠安全，萬一火箭炮在地面爆炸的話就糟了，所以他要求每個人都必須和火箭炮保持一定的安全距離，這也就是為什麼，我們會安裝了這個用乾電池作為啟動發射動力的導火管線。

當我們終於完成最後一個火箭炮後，「再來我們要怎麼做？」費迪問。每個人都看著傑夫，因為他是主席，所以通常都由他發號口令，而傑夫卻又轉頭看著亨利。

「我想首先必須證明，我們的確有能力辦到那些我們想像中，自以為可以的事情。」亨利說：「我們到靠近巴納比果園的布瑞克山的山坡吧，在那兒架設好發射台，作好準備，然後整天在那附近觀察天氣狀況。如果有任何的雲塊靠近，我們就立即發射火箭炮，好讓雲塊變成雨落下來。到時如果成功的話，說不定就可以擴大我們的行動囉！」

「我贊成！」費迪一邊搓揉他那肥嘟嘟的肚子，一邊說：「我自願去做觀察員。」

「很好！」傑夫說：「擔任觀察員的人必須爬到山頂上去觀察雲的動向，這樣剛好能讓你離蘋果遠一點！」

「那麼，請會議記錄特別寫下這一句，說我要收回剛才的話。」費迪說。

「聽到了，但是不准收回。」擔任會議記錄的荷馬說：「反正這也沒什麼差別，傑森·巴納比果園裡的蘋果大部分都是紅皮的品種，根本還沒熟，是吃不得的。」

「嘿！放尊敬點，你現在說話的對象，可是長毛象瀑布鎮吃青蘋果的冠軍大王喲！」費迪說。

第二天一大清早，我們就帶著午餐盒出發，到布瑞克山上去，也帶了幾個火箭炮和兩架發射台。莫泰蒙和費迪則帶著一個無線電爬到山頂去，成立一個觀察雲的基地站。不過費迪常常偷溜下山來，在果園北坡那邊的樹上偷摘蘋果。中午的時候，他突然肚子痛得不得了，在地上滾來滾去，莫泰蒙只好把他送到山下我們駐守的地方，而我們也愛莫能助，只能讓他躺在一旁，隨他唉唉叫了。

中午過後不久，地平線那端就開始聚集了一些雲朵。莫泰蒙回報說，有幾片很大的雲正從東方飄過來，剛好是往布瑞克山的方向移動。於是我們將發射台架設起來，對準我們認為雲朵可能飄過來的山丘邊緣，然後等待。

大約一個鐘頭以後，一朵看來相當大的、軟綿綿的白雲飄到了山坡上方。亨利檢查了一下導火線的線路，然後將它和裝在火箭前端、用來啟動發射的電池接好。等到這片雲剛好來到我們的頭頂正上方時，亨利便說：「火箭一號，發射！」

傑夫將導火線的開關按下，一號火箭咻地一聲衝上雲霄，後頭拖著一股波浪似的煙霧。接著，我們看到空中發出一道閃光，幾秒鐘後，就聽到砰地爆炸巨響。

「爆炸的時間好像太早，那樣的高度大概只有一百三十公尺吧。」亨利說：「從發射到爆炸，我只數到四秒鐘，動力火藥一定是燃燒得太快了。」

當火箭炮的殘骸從雲朵裡掉下來時，由於太陽光反射的關係，所以我們看到它金屬表面的銀色閃光。接著，我們耐心地等了好一會兒，但是什麼事也沒有發生，那片巨大的雲朵還是繼續悠哉地飄過了我們的頭頂。

「火箭二號，發射！」亨利說。

我按下開關，二號火箭炮馬上就從發射台衝出去。帶著巨大的嘶嘶響聲，它在正確的瞬間轉了一點角度，像支急速的標槍，戳進雲朵下半部分看來特別鬆軟的地方。火箭炮貫穿雲塊隨即爆炸，火花在其中四處飛散，剎那間，整個雲朵轉變為明亮的金黃色，看起來就像是被閃電擊中一樣。甚至在我們還沒聽到爆炸的聲音以前，亨利就已經忍不住高興跳了起來，荷馬也大力地往他的背後拍了一下。

「中了，中了，正中紅心！」荷馬大喊。

「等等！等等！再等一下，看看會發生什麼事！」亨利喊叫。其實他還不太放心，心裡仍暗暗祈禱著。

這時候，我們全聽到汽車噗噗噗的聲音，原來是傑森・巴納比開著他那部老舊的T款福特卡車，正穿過蘋果園，曲曲折折地往我們這頭開過來呢！傑森的兩隻德國牧羊犬也跟在這部快要解體的老卡車旁跑過來，頭翹得高高地，不斷大聲吠叫著。我們看到車子裡面的擋風玻璃上，還掛著一支雙砲管的短槍耶。傑森的老爺車軋軋作響地停了下來，揚起一陣灰塵，然後他從座位上跳了下來，一隻手緊緊握住那隻短槍。

「你們這些小混混到底在這裡幹什麼？」他對我們大吼：「你們在偷摘我的蘋果嗎？我聽到放鞭炮的聲音，是怎麼回事？」

一直躺在地上的費迪，還是痛得在打滾，但這時因為心虛，所以慢慢地往果園邊緣的草叢爬了過去。丁奇的眼睛睜得大大的，像掛在風中的一片樹葉一樣顫抖著，而傑夫則往前站了一步。

「我們沒有在做什麼壞事，巴納比先生。」他解釋說：「我們只是在作實驗，看能不能讓老天爺下雨！」

「你會讓老天爺下雨？那我就真的輸給你了！」老傑森先生這樣說著，伸手一揮，將帽子脫了下來，砰地一聲甩到地上去。

他的臉色比果園裡的任何一顆蘋果都還要紅，脖子上的血管青筋突起，就好像快要中風一樣。當他彎腰下去撿帽子時，露出了和他臉上皺紋一點也不相稱的光溜溜腦袋瓜兒，莫泰蒙忍不住笑了出來。

「你這個渾蛋小子，你到底在笑什麼？」傑森大喊：「如果說，你們覺得有辦法能夠……」

突然間，傑森用手拍打在他的光頭上說：「那是什麼！」然後他抬頭往上看，剛好來得及看到第二滴雨滴落到他左眼旁。他用手指把雨滴抹去，然後將舌頭伸出來，再次將臉往上抬。這時水滴開始落得更快、更大，飛散的水滴落到蘋果樹的樹葉上跳舞，然後再像瀑布般從樹葉上灑落，變成更細小的水珠飛散下來。傑森伸長雙手，手掌向上，頭則向後仰著，將他那頂破破爛爛的帽子舉在前面，彷彿這樣可以收集更多珍貴的水滴，而且好像永遠都不準備放下來了。他張開嘴巴，想要試著在雨中喝幾口水，有好幾滴都剛好落在他臉上，所以形成一條鋸齒形蜿蜒的水流，劃過他飽經風霜的脖子上，在側面流出一條水痕。突然間，他開始繞著蘋果樹，即興地瘋狂跳起舞來。

「呵呵呵！」老傑森叫喊著：「下雨了，下雨了，雨耶雨耶，有雨了，下雨囉！」

是真的，真的下起雨來了，而且變成傾盆大雨。我們往天空看去，那塊巨大的白雲底部裂開了一個大洞，從洞中竄出一股黑色的水蒸氣，正往地面傾倒雨水。耶！我們真的成功引爆了一場驟雨！

我們急急忙忙地將所有傢伙收好，拖到樹下放。那兩隻德國牧羊犬也跟在傑森旁邊蹦蹦跳跳，根本就沒有理我們。

「我們忘記帶一樣東西來了，那就是雨傘。」莫泰蒙說。

「就算是聰明的亨利，也無法想得那麼周到啊！」丁奇說。

「你們不需要雨傘。」從樹下傳來一個聲音：「躲到我那卡車後面的帆布

棚下面去，我可以載你們回家。」

當我們坐在傑森的老古董卡車裡面，穿過果園往回走時，我們早已經全身淋得濕答答了，但是我們仍然一路笑個不停，不斷歡呼！

「渾小子，這下我可真是輸給你們了！」傑森一邊開車，一邊自言自語地說：「等我回到家後，不開一桶酒來慶祝怎麼行！」

並不需要多久的時間，整個鎮上的人全都聽說了，我們讓雨落在傑森的果園裡這件事。原來，老傑森把我們載回鎮上之後，在他返家之前，又先到尼德．卡斐的理髮店停了一下。對於一個這樣的小鎮來說，當你需要快速傳播訊息時，理髮店比廣播電台還來得更厲害呢！斯桂格鎮長是最先聽到這個消息的人之一，所以當晚他就到亨利家，拍拍他的頭，稱讚他是「造雨大隊長」。

雖然財務長查理．布朗仍然半信半疑，但是如果說每一次只要有雲朵靠過來，我們就能夠讓它降下雨來的話，他想知道，我們需要鎮議會支付多少費用，才願意繼續這麼做。傑夫肯定地告訴他，我們決不會貪圖鎮上的經費，我們唯一想做的事情，只是幫助農人挽救作物。所以說，如果農人願意支付火箭炮以及所需的鋅和火藥的錢，瘋狂科學俱樂部非常樂意繼續免費為大家服務。

在那之後，附近農人的請求就有如雪花般飛來，請求我們到他們的田地去發射火箭炮，好讓天公落雨。我們沒辦法幫上每一個人的忙，但是也不想根據對個人的好惡，來決定服務順序，所以我們在俱樂部基地開了一個會議，看看要怎麼做才好。丁奇又像往常一樣，提出他那千篇一律、從來不曾改變的提議，那就是寫信給總統，請他幫忙。當然也按照慣例，又被我們其他人給否決了。費迪則認為我們應該可以幫全部人的忙，只要從這個田地到下一個田地之間跑快一點就好了。

「好辦法，小矮人。」莫泰蒙說，「只不過，我好像沒看到你身上掛有奧運賽跑金牌耶。等你吃飽早餐，恐怕午餐時間又到了。而且你流汗的速度，比你跑步的速度不知道要快上幾倍呦，我們也不希望把你給淹死啊！」

「夠了吧，自以為聰明的傢伙。至少，我站到磅秤上還秤得出幾斤幾兩重呢，不像你瘦皮猴一隻。」費迪反擊說。「我想，也許我可以鎮守基地，負責操控無線電。」

經過許多的討論，我們達成了一個革命性的決定，這是在長毛象瀑布鎮不曾發生過的。我們決定請哈蒙．摩頓那一夥人來幫我們的忙。

「這是屬於整個社區的事情，」亨利特別指出說：「所以沒有理由還區分彼此，我們不能自私。」

「白癡！」費迪說，「我堂弟會把這事全攬為他自己的功勞。更何況，他根本對火箭炮一竅不通！」

「我們可以教會他們所需要知道的每一件事，」傑夫說：「至於這事情將歸功於誰，也不會是問題，反正大家早就都知道誰是『造雨大隊長』了！」

接著我們全都站了起來，對著傑夫比了一個印地安的手勢，代表會議結束。傑夫被我們授權為代表，去和哈蒙．摩頓談判，因為他能以印地安摔角打贏哈蒙他們每一個人。結果，根本就不需要他動手，哈蒙他們一聽到有機會能參與這個行動，根本高興都還來不及呢！

經過評估後，我們在好幾個不同的地點架設了發射台，差不多可以涵蓋山谷裡的大部分農地，而且彼此之間的距離也不太遠。加上哈蒙他們的器材之後，我們的無線電通訊網就更完善了，但仍然以傑夫・克羅克家的穀倉為中央控制站。不過我們所有的人員只能編為六小隊，每小隊兩個人，因此還是無法同時駐守每一個發射站；然而慶幸的是，我們不需要派人去觀察雲的狀況了，因為山谷裡的每一個農人都會隨時留意，如果發現地平線上出現了雲的蹤跡，他們就會用電話通報我們。

在接下來的兩個禮拜內，雖然沒有精確的計算，但是我們一定發射了不下兩百枚的火箭炮。當然，不是每一次都會讓雲變成雨落下來，有時候甚至要發射十枚以上的火箭炮，才能擊中雲的要害。而且也發生過，即使我們正確擊中了雲塊，但還是沒有半滴雨的影子。但話說回來，我們的確成功地造了許多的雨，起碼不再是乾旱狀態，頂多算是雨量較少的狀況了。鎮上大部分的人也都同意，多虧了亨利的辦法，才使得農人免於作物欠收的噩運。走在街上，連他不認識的人也會對他揮揮手說：「造雨大隊長，你好啊！」

當然囉，我們其他幾個也都沾了亨利的光，比起過去，得到更多路人投來的微笑。甚至當我們有人走過管區警察比利・道爾身旁時，他看起來也像是很高興見到我們。傑夫的爸爸也不例外。有一天，有人看到他自己在洗車，他告訴一個好奇的鄰居說，他想有時候也該讓傑夫休息一下。

儘管我們如此風光，但是潛意識裡我總覺得有點不安。後來我才明白，那是因為有一次我聽到亨利說，像我們這樣隨意改變天氣，很可能也會帶來其他麻煩。而且，果然不用多久，亨利的擔憂就被證實了。

有一天，費迪和丁奇在藍莓山的火箭發射基地，遠處飄來一塊大約有十個伊麗沙白女王島那麼大的雲塊，他們興奮過了頭，馬上開始以最快的動作，一個接一個地發射火箭炮。然而，那時候他們根本就不應該出現在那裡，而且也沒有必要那麼快就發射火箭炮，因為那塊雲根本還沒飄到山谷上方。但是他們急著要大顯身手，證明他們的技術夠厲害，所以他們遠距離地發射，最後終於擊中目標。那塊雲幾乎全消失了，水汽變成水滴，天空降下大雨，落在山頂上。丁奇和費迪簡直樂歪了地尖叫著，然後爭先恐後地穿上雨衣，跑下山進城裡去，迫不及待地要誇耀他們的成果。

當他們來到山下馬路，經過放有南北戰爭舊砲台的紀念場時，他們看到有上百個人從樹林裡不斷地湧出來。大家或跑或滑的從山坡上下來，手上抱著各式各樣的東西，有毯子、桌巾、野餐籃、棒球球棒、樂器、還有啤酒桶等等。因為那場突如其來的大雨，使得當時為了流浪兒童募款而舉辦的，一年一度國際同濟會野餐大會以及合唱比賽，全都變成了一場落湯雞大會。

身為國際同濟會的會長，同時也是鎮上樂團低音喇叭手的喬·道爾提氣得跳腳，他向斯桂格鎮長大聲抱怨，說那一定是瘋狂科學俱樂部那群麻煩小鬼的陰謀，故意要破壞一年一度的野餐會，好讓同濟會的募款活動泡湯。他堅持說我們是故意去造雨的，為了要報復同濟會拒絕贊助我們探索草莓湖湖底的計畫。亨利和傑夫被鎮長叫去罵，他們當然否認我們有那樣的想法。但是，即使不是我們的錯，也不能改變同濟會野餐大會被大雨給毀掉的事實。而且有一個像澡盆那樣大的草莓蛋糕，也因為沒辦法及時搬走，而被棄放在紀念場的廣場中央呢！

等到亨利和傑夫從鎮長辦公室回到俱樂部基地後，費迪和丁奇別說是炫耀他們的造雨絕技了，他們根本就急著否認和這次的事件有任何關係。

「我們一直都待在檸檬溪那邊。」費迪大聲說：「而且我們根本就不知道有舉行什麼同濟會野餐……我說的都是真的，我敢發誓。」他把右手舉起來補充說。

傑夫以嚴厲的眼神對他說：「喬．道爾堤說在下雨之前，他們聽到了五枚火箭炮發射的聲音，而且他有四百個證人支持他耶！費迪，那麼你覺得，可能是誰發射了那些火箭炮呢？」

「也許是我的堂弟哈蒙啊，」費迪心虛地說著，還頻頻往窗外看，假裝窗外有什麼很有趣的東西。他說：「因為他老是在他不應該出現的地方溜達。」

「但是，巧得很耶，在那段時間內，他都一直和我們一起在這基地裡頭喔！」亨利平靜地說：「而且，他們的其他夥伴也都被派去看顧山谷南面的發射台。我覺得，把罪過推給哈蒙是不公平的。」

「好嘛！好嘛！」費迪兩手向上一攤：「那我只好承認了！」

幸好我們的名譽沒有因為這個事件完蛋，但是卻也持續不了多久。有一天，莫泰蒙和荷馬在傑森．巴納比蘋果園旁邊的布瑞克湖留守觀察，已經有三天山谷上都沒有出現合適的雲塊了。但是，這時從東邊吹來了涼涼的風，表示有股潮濕的水氣即將到來。

到了差不多正中午的時候，一塊很大、黑色的烏雲飄到了布瑞克山的山脊頂端，看來應該是一塊厚實的積雨雲。荷馬和莫泰蒙已經將發射台架好，準備發射。他們發射了兩枚火箭炮之後，就跑去找掩護，躲到果園的樹下。在他們還沒來得及跑到他們綁在兩棵樹之間的帳篷下時，他們就聽到了一聲震耳欲聾的巨響環繞身旁。

「那是什麼？」荷馬喊叫：「有什麼東西打到我了耶！」

他話都還沒說完，又有一個像雞蛋那樣大的冰雹打到他的右肩膀。

「好傢伙！」莫泰蒙喊叫：「下大冰雹了，快跑！」

他們兩個都躲在帳篷底下，看著冰雹四處落在果園裡頭，打落了數百顆蘋果。而許多的冰雹以及落下的蘋果，都聚積在帳篷中央凹陷的地方，最後終於將帳篷給壓垮了。所以他們兩個只好趴到地上，用手撐著帳篷帆布作為保護。

那片雲非常大，而且一路飄向市區的天空，沿途慢慢地留下它的蹤跡——落下冰雹，最後終於完全消解在山谷對岸的山丘上。

發生了這樣的事，就算是用銅牆鐵壁也無法檔住傑森·巴納比的憤怒，他衝進斯桂格鎮長的辦公室，啪地一聲，氣憤地用手拍在鎮長的辦公桌上，抱怨說他有一半的蘋果都被毀掉了。顯然他根本就忘記了，當初如果不是我們幫他的果園造雨的話，他的果園可能一顆蘋果都長不出來呢。亞伯納·拉拉比的太太是鎮上的民意領袖，她寫了一封可憐兮兮的信給《長毛象瀑布報》的編輯，說她珍貴的芍藥花好不容易開了滿滿的花苞，正當要綻放美麗的花朵時，卻全都被冰雹給砸死了。她尖酸地抱怨說：「這些調皮的小搗蛋仗著他們十來歲的小聰明，造成了惡意的傷害。」而且她想要知道，鎮長要到什麼時候才會對這些青少年罪犯採取行動。

冰雹事件似乎使得邀請我們到各地造雨的熱情降低了不少，但仍有許多渴求降雨的農人請求我們繼續做。報社的編輯幫我們寫了一篇社論，為我們辯論伸冤。文章中指出，我們的原意只是要幫社區做一件有意義的事情。亨利在接受報紙訪問時，也坦白承認，對於要如何和大自然合作，我們人類知道的答案

仍然相當有限；而且任何一個科學家都會同意，每嘗試一個新的實驗時，也同時面臨了一些未知的風險。

下冰雹之後沒幾天，長毛象瀑布鎮的人們早晨醒來，發現太陽沒出來露臉，反而是低空中籠罩著厚厚的滿天烏雲，溫度也降低了，炎熱的詛咒似乎停止了，每個人都可以聞到空氣中瀰漫著雨的味道。鎮上的人都欣慰地想著，這漫長的夏季乾旱終於就要結束了。但是，雨仍然沒有落下來，滿天都被烏雲覆蓋，就這樣持續了三天。氣壓變得很沉重，牛群顯得焦躁不安，雞農則抱怨母雞整晚咕嚕咕嚕叫個不停，而且還不下蛋。

到了第四天，我們連同哈蒙・摩頓那幫人一起召開會議，全員一致通過，我們應該給大自然打個幾針。我們決定，同時在環繞山谷的幾個發射台發射六枚火箭炮，看看是不是能夠讓低空的烏雲蒸發，落下幾滴雨來。我們設定好無線電的頻道，然後由亨利從俱樂部基地的中控中心負責倒數時間。最後有五枚火箭炮成功地發射，而且命中，陸續在幾秒鐘內就全都在雲層內部爆炸開來。後來我們才了解，負責第六座發射台的丁奇和費迪當時一直在互相推讓，沒有人願意按下發射火箭炮的按鈕，兩個人都希望由對方來執行，但是沒有任何一方同意，所以爭論到最後形成僵局，當然也就沒有同步發射火箭炮了。

「到底是怎麼回事？」亨利趕緊透過無線電問他們。

「沒什麼啦！」丁奇說：「只是那個豬頭費迪笨的不會按發射鈕而已！」

這次行動的結果非常教人滿意，開始下雨了，雖然沒什麼特別的，只是一場很穩定的大雨。雨滴咚咚咚地敲打在鎮上人家的屋頂，而且淋濕了田野、農地以及草原。人們對火箭炮的歡呼響遍了整個鎮上，而且不用說，在俱樂部裡的亨利也忙壞了。他忙著接聽農人們打來的電話，告訴他下雨了。

那天直到晚上，雨都還一直下著。長毛象瀑布鎮的情緒很高昂，我們又再次獲得每個人的好感。那是那個夏天第一場連續性的雨，報社在當天下午提出一個一百元美元獎金的「雨量預測比賽」，看誰能準確預測可能的降雨量。到了第二天早上，雨還是繼續下著，而且絲毫沒有停止的跡象。滿街的人們撐著雨傘以及穿著雨衣的景象，看起來還真有些不習慣，但是沒有人抱怨，不像往常遇到潮濕、泥濘的狀況時都會發一番牢騷。雖然下著雨，市區的商店生意還是很好，而且人人臉上都還掛著微笑呢！

但是等到雨一連下了四天之後，人們臉上的微笑換成了苦笑。很顯然的，不管人們原本有多期待下雨，但是到了這個程度就再也無福消受了，而且也紛紛開始抱怨起這天氣來。到了週末的時候，每個人都在問，雨什麼時候才會停，而且有許多人開始抱怨，說他們家的地下室已經淹水了。尼德．卡斐理髮店裡的話題也離不開下雨這檔事，而且山坡上已經發生了土石流。報社這時又提出了一個獎金兩百元的比賽，看誰能夠準確預測出這場雨還要下幾個小時。

但是雨依舊持續下著，看起來就像是太陽永遠不會再出來一樣。到了第十天，長毛象瀑布鎮的人們開始嚴重憂慮，鎮議會召開了一個臨時會，討論如何處理檸檬溪。檸檬溪的部分河段已經有水漫過堤防，所以通過那一帶的幾條偏僻馬路已經封閉了。根據鎮民的記憶，長毛象瀑布鎮從來不曾遭到洪水肆虐，但是這雨如果再不停，看起來我們這次就要寫下新紀錄了。

亨利、傑夫還有我正坐在這家位於鎮公所對面的雜貨店裡，喝著麥芽牛奶時，斯桂格鎮長和議會其他人也走進來吃三明治。鎮長往我們坐的地方走過來，用力地咳嗯咳嗯清了清他的喉嚨，每當他想要說些什麼的時候，就是這個樣子。

「這次可又是託你們的福喔，摩里根！」鎮長直接了當說。

「鎮長先生，我也覺得很難過，但是我不覺得這是我們的錯。」亨利眼睛直直瞪著他的麥芽牛奶。

「喔？你用你的科學發明帶來了雨，難道你沒有什麼法子可以讓它停下來嗎？」鎮長假裝哀求的語氣說。

亨利遲疑了一會兒，然後搖搖頭，橫眼斜看鎮長說：「我們還沒有學到那麼高深的學問。」他又再次望著他的麥芽牛奶。

其他的議會人員都笑了出來。

「那就是說，等到你學會的時候，」鎮長聲音粗啞地說：「我們的小鎮可能已經整個被淹沒在水底下囉？」

「從來沒有人有辦法讓雨停下來！」亨利用一種相當嚴肅的神態說：「這是每個科學家都會面臨的問題之一。那就是說，即使他們找到了某一個答案，他們也知道，那絕對不可能代表已經找到全部的解答。所以這一切只能代表說，我們的確可以改變天氣，但我們無法控制它，大自然總是會反撲回來！」

「一定有什麼是我們可以做的。」鎮長轉身走開的時候說。

「是的，有的。」

「是什麼？」

「我們可以祈禱。」

「這建議還不錯。」鎮長說：「看起來，是你要率先開始囉！」鎮長走回他的桌子，大口吃起他的三明治。

不過，倒是有些人把亨利的話真當成了一回事。到了星期天，鎮上的各個教堂裡整天不斷湧入祈禱的人們。然而，卻一點用也沒有，星期一早晨天亮時，天空還是一片黑壓壓的，像鉛塊般沉重地壓在頭頂。那一天也是長毛象瀑布鎮連續下雨的第十五天，民防緊急工作隊開始徵招志工，調集人手到檸檬溪岸邊堆疊沙包，以防溪水漲高流進鎮上的商業區。環繞市區北邊的郊區道路，有些已經淹水了。我們幾個再加上哈蒙·摩頓那幫人，組成了一個小組，獨立負責某一區段的築堤防工作。鎮上民眾所擁有的各式各樣的卡車，都被徵召去幫忙。到了下午，斯桂格鎮長宣佈本鎮進入緊急災難的非常時期。

藉著空軍從西港空軍基地帶來探照燈的幫助，湖邊堆沙包築堤的工作通宵進行著。到了午夜時分，檸檬溪已經波濤洶湧，充滿泥流。即使我們努力地圍堵水流，不讓它流到沙包堤防之外，但是持續不斷漲高的水位，卻可能沖走位於緬因街街尾的橋樑支柱。民防緊急工作隊的隊長塞斯・愛莫瑞，以及警察局普特尼警長對沙包堤防做了評估。最後他們的判斷是，如果到了星期二雨還繼續下的話，水位上升的速度將會比我們堆高沙包的速度還要快。這樣等於是說，除非雨停，否則就等著洪水來臨吧！

絕望之中，斯桂格鎮長在他設於橋樑附近的指揮站裡拿起電話，打給州立大學以及中央氣象局，把他們的氣象學專家從棉被窩裡挖起來。當他問他們是否有什麼方法可以讓雨停下來時，兩邊的專家都對著話筒大罵他笨蛋，說他一定是瘋了才會這樣問，然後就用力地把電話給掛了。全身髒兮兮又濕答答的鎮長放下電話，轉身面對將他團團包圍住的拉拉比太太和她花園協會的那一大票會員。

「鎮長先生，」拉拉比太太用一種女人通常覺得再也受不了時才會用的語調說：「你到底打算怎麼辦？」

斯桂格鎮長將頭埋在雙手裡，用力吸了兩下鼻子，然後抬起頭來，眼睛閃過一絲惡作劇的光芒。藉著極度的自制力，他好不容易忍住笑：「拉拉比太太，我準備授權給你，讓你去叫雨停止！」

「太好了，」拉拉比太太說：「那我可有一件事要宣佈。」

「好的，拉拉比太太，」鎮長嘆了一口氣說：「您要宣佈的是什麼？」

「這個由我擔任會長的『大長毛象瀑布鎮花園協會』的眾女士們，以及也是由我擔任主席以及聯絡秘書的『自然花木之友會長毛象瀑布鎮分會』的女士們，已經聯合邀請了印地安社區教會附屬團體『寶嘉康蒂公主的女兒們』以及她們的丈夫，一起來跳一場傳統的印地安求日舞。它是屬於波尼族的一種祭典舞蹈，而且族人相信它很靈驗的。」

「是的，拉拉比太太。」

「我們計畫明天清早六點鐘，在印地安山頂的瞭望石那邊舉行舞蹈儀式，那兒是最適合的地點了，你說是不是呢？」

「是的，拉拉比太太。」

「我們要請你和所有議會的成員也都到場，我們覺得整個社區都應該支持我們。」

「我相信大家都會支持的，拉拉比太太。」

「但是你真的會到場吧，鎮長先生？」

「是的，」鎮長不耐煩地說：「我還是到場比較好啊，說不定我的家也快要淹大水了呢！」

「那議會的議員們呢？」

「是的，拉拉比太太，他們也都會到的。」

這可是不容錯過的精采表演喔！即使已經很疲倦了，我們還是在天剛濛濛亮時，拖著疲憊的腳步爬到了印地安山頂。在這之前，我們整晚都在忙著堆沙包堤防，而現在已經無法再繼續進行了，因為只要溪水的高度再上漲一些些，

水的重量就會沖破沙袋築起的圍牆了。那個早晨，瞭望石後面的草皮廣場上聚滿了形形色色的人們，低垂的鉛灰色天空仍不斷落下毛毛雨，大部分的人們都瑟縮在雨傘下。拉拉比太太則在這些人之間打轉著，試圖說服每個人把傘收起來，一同加入舞蹈的行列。而同一時間裡，亞伯納．拉拉比先生則和另外兩個同樣怕老婆的男人，試著要利用一堆潮濕的小樹枝以及報紙點燃火焰。

這個稱為「寶嘉康蒂公主的女兒們」的婦女團體，好幾年來一直在利用這個廣場作為她們開會的場地，所以她們早就排放了一圈石頭作為椅子。當你要走進這個神聖的圓圈時，必須從一個被當成出入口的缺口開始，你應該在這兒先停下來，撿起一根樹枝，丟進在中央燃燒的神聖之火裡頭。在出入口的正對面，則有一個扁平的石板架在兩塊石頭之間，是開會時地位最高者的座位。在中央則有一圈用較小的石頭圍起的圓圈，作為點燃神聖之火的地方，也就是現在亞伯納．拉拉比先生死命地想要生起火的地方。

我們全都爬到瞭望石的頂端，也就是主席寶座的後方，在這兒可以將整個過程一覽無遺。只有丁奇沒有爬上來，他穿著小飛俠雨衣，身體捲成一團，靠在瞭望石旁邊睡著了。

亞伯納弄了大半天，終於使柴堆竄起第一道火焰時，從那些女人堆裡傳出了許多「嗥嗚！嗥嗚！」的詠嘆聲。這時有人脫掉雨衣，開始擊鼓。然後，突然間差不多有三十幾個印地安人，全身穿戴傳統印地安服裝出現在中間的神聖圓圈裡面，在一旁圍觀的民眾也往前靠得更近了些。而在我們還沒來得及笑出聲音以前，拉拉比太太已經開始用著一種我們聽不懂的語言唸頌一首神秘的聖歌。她就站在主席寶座前面，將臉抬起，仰望天空，雙手則往兩邊伸出去，手掌向上。坐在圓圈裡的人們則跟著她的吟唱，用手打拍子，而每個人總會隔一陣子就發出一聲「嗥嗚！嗥嗚！」的聲音。

很快的，他們當中的男人站了起來，然後開始附和著節拍，用力地踏步。節奏越來越快，原本的唸頌變成了一首歌，不一會兒，已經變成全體大合唱。這時，拉拉比太太往前走了幾步，更靠近中央的聖火。她站在那兒高舉雙手，將手指往天空指去。其中一位印地安勇士跳了出來，手上戴著一個大大的鐵圈，然後瘋狂地旋轉起來，繞著圓圈走，而且利用手上的鐵圈耍弄著各種教人吃驚的動作。接著，全部的勇士一擁而上，圍著聖火形成一個圓圈，然後開始跳舞，雙腳用力踩踏地面。每當他們喊一聲「嘷嗚！」時，頭就往後甩一下。這時女人也開始加入，用手拍出宏亮的聲音，在勇士外圍形成另一個更大的圈圈，且往相反的方向旋轉。

亨利坐在石頭上，下巴靠在他的膝蓋上，眼睛瞪著舞者。「這可不怎麼有科學根據呀！」他說。

突然間，我們聽見有人尖叫，所有的男人都過去拍打拉拉比太太身上穿的印地安服裝上的流蘇，原來那些流蘇因為太靠近聖火而著了火。但是舞蹈並沒有被打斷，一直持續著，歌曲的音調也持續地拉高，因而似乎沒有人注意到，不知道從什麼時候開始，雨已經停了！

「我的天哪！出太陽了！」費迪大叫一聲，在石頭上站了起來，手往山谷的方向指過去。我們全都反射性地把頭扭轉過去，果真看到東方地平線那端，穿過雲層的裂縫，有陽光閃耀著。拉拉比太太聽到我們的喊叫，也轉頭過去看，然後她也大聲喊叫了起來，把雙手往東邊伸展出去。此時，吟唱的聖歌變成了更詭異的旋律，而所有的舞者像是無意識般地專注擺動著身體、繞著圓圈。突然間，舞蹈猛然停止，他們全都跪了下來，將手掌平放在地上，面向東方行禮。

圍觀的觀眾當中，響起了許多的歡呼與鼓掌聲，斯桂格鎮長和議會的議員一起向前走去，和拉拉比太太握手。此時太陽已經衝破雲層，露出臉來了，陽光照在舞者的臉上。這時我們才看清楚，他們的臉上都塗了紅棕色的顏料。

「我希望，我永遠不會老到需要穿成那副樣子！」莫泰蒙說。

我們爬下瞭望石，準備加入下山的人群，從小徑往山下的馬路回去。當我們經過拉拉比太太身旁時，議會的議員們還在恭賀她。

「哈囉，大隊長！」她叫住亨利：「你覺得這個舞蹈如何呢？」

「很棒呀！」亨利禮貌地回答：「而且你挑的日子還真好呢！」

我們把丁奇叫醒，然後繼續往山下走。我們全身又髒又累，而且，老實說，心裡有一點迷惑。看起來這一天應該會是個好天氣了。

「亨利，我想這次還是你說得對，」費迪說：「科學家不可能知道全部的答案。」

「同樣的，拉拉比太太也不會！」亨利說。

飛碟魔幻獸

丁奇・卜瑞幾乎從沒錯過瘋狂科學俱樂部的聚會，所以當他連著四天都沒到俱樂部基地來之後，我們想都不用想，就知道他一定是出什麼事了。

「也許他背叛了我們，跑去投靠哈蒙那幫人了！」費迪・摩頓竟然這麼說，真虧他還是丁奇最好的朋友呢！「他從上個星期起就一直陰陽怪氣的，而且幾乎沒開口說什麼話。」

「給我住口！」莫泰蒙說：「丁奇才不會那樣呢！」

「這我可就沒把握囉！」費迪仍然堅持地說：「他根本是故意在搞神秘，而且我已經整整一個禮拜都沒看到他了。」

「你有去他家找他嗎？」亨利問他。

「去過啊！就像平常一樣，從後院圍牆喊他，但他沒回應我。而且卜瑞太太也說他不在家裡，所以我想他鐵定是背叛我們，投奔敵軍了！」

「我聽你在放臭屁咧！」荷馬說：「你非得把每件事情都搞得這樣神秘兮兮嗎？」

「呦，我又不像你，是天生開朗樂觀的小甜甜！」費迪氣嘟嘟地說。

「你的腦筋該用通樂通一通了吧！」荷馬反擊地說。而這時候，傑夫．克羅克的議事槌也重重地敲打在水果木箱上，要大家別再吵了。

「查理，你覺得如何？」傑夫問我說：「每次丁奇發脾氣時，你總是有辦法治他。」

「也許我們可以派個代表去拜訪他家，直接去了解狀況。」我建議說：「還是說，這樣太直接了，會打草驚蛇？」

「看來，我們好像也沒有別的辦法了。」莫泰蒙附和我的提議：「畢竟，他也有可能是死翹翹了喔！」

「喔，拜託！」費迪的手掌往額頭用力拍了下去，不屑地說：「我希望你永遠不會把你的大腦捐出來作科學研究，否則會害人類文明倒退五十年的！」

最後的結論是，傑夫指派我和費迪為代表，正式去拜訪丁奇家。所以會議一結束，我們馬上就過去了。

「丁奇是不是生病了？」當卜瑞太太來開門時，我這樣問她。

卜瑞太太有點驚訝地愣了一下，然後她說：「對哦，也有這個可能喔，我倒是都沒這樣想過呢！」

「您說的是什麼意思呀？」我問。

「喔，是這樣的，我也不太知道是怎麼回事，」她說：「但是他最近的確有點兒反常咧。他一大早就起床，然後帶著我幫他準備的午餐便當就出門去了，一整天都不見他的人影，直到吃晚飯的時間才回來，有時甚至是天都黑了才回來。他到底都在幹什麼呀？」

「這也正是我們要來請問你的耶！」費迪說。

「問我？」卜瑞太太又驚訝地愣住一下才說：「為什麼？難道他不是一直都和你們在一起的嗎？」

「我們這整個星期都沒有看到丁奇。」我解釋說。

「喔，我的天呀！」卜瑞太太把手指頭放到嘴唇上說：「別……別說……怎麼會是這樣，我從沒想過會有這樣的事！」

費迪雙眼往上吊成一道瞇瞇眼說：「他，他應該沒有死掉吧？」

「哦，老天保佑，當然沒有。」卜瑞太太笑著說：「你為什麼會這麼想呢，費迪？」

「就是有那種可惡的人會亂說。」費迪聳聳肩說：「算了，別說這個了。」

「那麼，你知道他現在人在哪兒嗎？」我問她。

「我一點概念也沒有耶！」她又把手指頭放到嘴唇上：「這整個禮拜以來，我都一直以為他是和你們幾個在一起呀。你知道的，因為……」她遲疑了一下子，繼續說：「唉呀，你們這些男孩子總有做不完的瘋狂實驗呀，我是說……嗯……所以我也就從來都不去擔心丁奇，即使他有時候過了半夜才回家來。因為我知道他一定是和你們在一起，做些很重要的事情嘛，而且……」

「那沒關係了，卜瑞太太，我們會去找到他，看他到底在幹什麼。」費迪打斷她的話，然後對她行了一個很誇張的九十度鞠躬禮，便馬上步出門廊。我也緊跟在後。

我們心裡清楚得很，或早或晚，一定可以找到丁奇的蹤影，並且弄清楚他到底在搞什麼鬼。除非丁奇發現了我們其他人所不知道的神秘藏身地點，否則只要逐一搜索我們常去的地方，就可以找到他的蹤跡。傑夫在長毛象瀑布鎮地圖上標出記號，包括印地安山、布瑞克山、紀念場、廢棄鋅礦場、採石場、長毛象瀑布、檸檬溪的舊磨坊、查克．波尼菲的舊貨場、老哈克尼斯莊園、艾爾莫．普利金的小木屋、傑森．巴納比的蘋果園，以及其他大約十幾個地方。接著他把大家分為兩個人一組的小隊（在瘋狂科學俱樂部裡，出任務的時候絕對不能單槍匹馬），然後我們就騎著腳踏車，出去尋找丁奇的下落。

費迪和我已經找過查克的舊貨場了，然後在前往蘋果園的路上時，從無線電呼叫器裡傳來莫泰蒙的聲音。他說，他和荷馬看到丁奇半蹲式地趴在印地安山最頂端的瞭望石上。他們在山下的路上呼喊他，但是丁奇根本就不理會他們的叫喊，所以他們現在正要爬上山去找他。

於是，我們其他人也都趕忙往印地安山過去。當我們全都爬到山頂時，正好看到莫泰蒙和荷馬在勸說丁奇，要他趕快從石頭上下來。但是丁奇卻完全沒聽見似的，只是拿著望遠鏡一直往地平線那端搜尋著，而且還一邊自言自語。

「笨蛋，你到底哪根筋不對了？」當傑夫和亨利一起趕到時，傑夫忍不住對他吼叫：「好了啦，下來這裡啦，不然我們就要上去抓你囉！」

「走開！」丁奇憤怒地說。

「現在我要數到十，」傑夫警告他：「如果到時你還不下來，我就上去抓你下來！」

「有種上來呀，」丁奇鬧彆扭似地噘著嘴說：「誰敢上來，我就一腳把他的臉踢爛，再抓住他的頭往這兒撞個稀巴爛！」

這下子，我們全都面面相覷，沒有人說話，而丁奇仍然專心一意地凝視著遠方的地平線。

「就讓他一直待在那兒，等到哪天他真正變為成熟的大人再說吧！」莫泰蒙帶著厭煩的語氣說。

「如果你再不下來，那我們就來投票將你從俱樂部裡除名，你看怎麼樣呢？」費迪威脅他說。

「沒錯！」莫泰蒙也加入說：「我們已經投票認定你是準備要退出的人了，你說呢？」

「你們真的很好笑耶！」丁奇打了個哈欠說。

「丁奇，你難道不能告訴我們，你待在那上頭到底在幹什麼嗎？」亨利請求他說。

丁奇好不容易將雙眼從望遠鏡上挪開，瞪著亨利看了好一會兒，然後以相當認真、嚴肅的表情說：「我在找飛碟。」

聽到他的回答，我們每個人都抱著肚子大笑。

「拜託你好不好，丁奇。我是說真的，別搞笑了！」傑夫被他惹毛了。

「我真的是在找飛碟呀！」丁奇再說一遍。

「那你已經看過幾艘了？」莫泰蒙問他。

「到現在是連一艘都還沒看到，」丁奇回答說：「但是早晚一定會給我看到的。」

於是大家又咯呵咯呵地笑個不停。這時候，丁奇卻靜靜轉過了身，背對著我們。不過，我們還是都看到了，有一顆像花生米一樣大的眼淚，流下了他的左臉頰。

「那小子真的發瘋了，」莫泰蒙說：「看來他是認真的耶！」

「你們看，他在哭耶，他哭了！」費迪一邊大叫，一邊上下跳著腳。

「閉嘴，你這個肥豬頭！」丁奇叫嚷著，還丟了一大把的碎石頭下來。

「等等，等等！」亨利小心地說：「大家都不要有情緒化的反應。丁奇，如果你在這樣的大太陽下一直待在那上面的話，一定會曬昏頭的。到時候別說是飛碟了，我保證你連粉紅色的大象也看得到！」

「我不管！」丁奇吸著鼻子說：「我就是要一直待在這兒，直到我看見飛碟為止。」

「所謂飛碟這種東西，根本就不存在啊，你這個笨蛋！」費迪說。

「有啦！」丁奇堅持地說：「每天報紙都有這類新聞呀！全國各地的人都

有看過它，每個人都看到了，只有我還沒有看過，我敢說我一定是全世界唯一還沒看過飛碟的人。」

「冷靜一下好嗎，小子？」莫泰蒙說：「飛碟根本就不是什麼新鮮事了，他們就跟這座山一樣的古老。」

「你才是笨蛋，」丁奇說：「它們是最新的消息。」

「哦，是嗎？我敢說，人類在三千年前就已經看過飛碟了，」莫泰蒙故意逗弄他說：「而且啊，我告訴你，自從當年那個阿拉伯人發明了飛天魔毯之後，飛碟這玩意就開始在世界各地出現了。所以啊，據說那個乘坐飛天魔毯的人，就是有史以來第一位駕駛飛碟的飛天法師哦！」

於是，又有一大把的碎石頭從大石上飛落下來。亨利趕緊把莫泰蒙拉到一旁，和傑夫一起商量，他們小聲地說了一會兒，只見傑夫和莫泰蒙不斷地點頭，表示同意的樣子。

「丁奇，」亨利一邊喊，一邊走回到大石頭的下面：「如果我們答應幫你造一艘飛碟，真正的飛碟，而且只屬於你一人，那你要不要下來？」

「你沒騙我？」丁奇懷疑地問。

「我絕對不是在騙你！」

「你敢對天發誓嗎？」

「我對天發誓，絕對沒有騙你！」亨利說。

「我就知道你會這樣做！」丁奇說著，然後就從大石頭上滑了下來。

亨利果然說到做到。在接下來的兩個星期內，他讓我們每個人都忙得像隻無頭蒼蠅，建造出一艘遠比我們想像中還要酷炫的東西。當他告訴丁奇說，要幫他造一艘會飛的飛碟時，我們其他幾個都認為他應該只是開開玩笑而已。但是後來，當我們弄清楚他真正的想法時，也就全跟著興奮起來。

亨利和傑夫畫了幾張飛碟怪獸的設計草圖，它的直徑大約有六公尺，高兩公尺，形狀像是一個平緩的山丘，或是像裝飾在聖誕樹頂端的圓球給壓扁了的樣子。亨利解釋說，我們將根據遙控式飛船的原理來打造飛碟，而且要有堅固但重量又很輕的支撐架構，外層用防水棉布包覆，最後灌氦氣進去。上回我們比完氣球大賽後（見《瘋狂科學俱樂部1——草莓湖水怪》）還剩下一些氦氣，應該夠用。這樣一來，即使加上推進器系統以及其他小零件的重量，應該還是能夠讓它保持飄浮，飛在空中。這些額外的小零件及裝置，是亨利特別設計的，好讓整個計畫更有看頭。

我們決定在草莓湖西邊山坡的廢棄鋅礦場裡打造飛碟，因為這地方除了我們以外，根本沒有別人會來。而且亨利認為，飛碟一旦造好了之後，這兒也是最理想的試飛起航點。

這時候，大部分所需要的材料我們都已經有了，只剩下要作為支撐架構的材料還沒有著落。亨利覺得竹子應該是最合適的材料，因為它又堅固，重量又輕，而且容易打造。但問題是，我們住的這個區域，並沒有生產竹子。

「我知道哪裡有很多竹子！」費迪說。

「哪裡？」傑夫問。

「我有看到一大捆全新的釣竿，很大枝的那種喔，是斯諾格家的五金行最近剛進的貨哩！」

每個人都轉頭看著荷馬・斯諾格，荷馬揉揉他的鼻子，一隻腳的鞋尖往另一隻鞋子上戳了下去。「好啦！」他說：「星期六上午，我會志願去幫我爸顧店的啦！」

竹子的問題就這樣解決了。星期六早上，丁奇、我，還有費迪就坐在斯諾格家的五金行後巷樹蔭下等著。每次只要荷馬有機會走到後院的倉庫為客人取貨，他就會從窗戶扔一根釣竿出來，我們其中一個人就會將它拖走，放到我們暗藏在茂密草叢中的空袋子裡去。最後，荷馬必須工作超過中午十二點，因為要一直到下午兩點左右，才拿到我們認為足夠的竹子數量。而荷馬的父親則很高興看到他兒子超時工作，所以多給了他一些加班費作為獎勵。

利用這些竹子，我們建造了兩個直徑六公尺的圓拱，然後將兩個合在一起便形成一個扁平的球體。在頂端的地方，我們加裝了一圈扁平的突出結構，讓它看起來好像坦克車的旋轉車塔。亨利解釋說，球體是由兩個綁在一起、彼此相互支撐的拱形架構所作成，能夠以最少的材料形成我們所需要的最堅固的框架，所以不需要在內部裝上太多的支撐柱。因此，最後剩餘的竹子就都被用來固定推進器系統，以及其他我們想要放上去的零件裝置。

推進器系統包含了兩個大儲槽，裡頭填充經過加壓的二氧化碳，儲槽下方連接兩個噴嘴閥組，露出在飛碟下腹部的地方。所以總共有兩組噴嘴，一組以水平的角度噴出氣體，另一組則以四十五度角斜斜地朝向地面。每個二氧化碳儲槽上都裝有兩個電磁閥，透過一個中央繼電器箱的整體控制，我們就可以開啟任何一組噴嘴來噴射二氧化碳，或是個別啟動一個噴嘴，或是任何我們所想要的噴嘴組合。這樣一來，就可以隨心所欲地讓飛碟往前直飛、往上急速爬高，或是往前直衝之後，再突然來個急轉彎等等。

「只有在天候狀況非常穩定時，我們才能讓它起飛。」亨利說：「因為我們沒有足夠動力來對抗強勁的風力，而且那樣的話，燃料會消耗得很快。」

我們在頂端旋轉塔的地方綁上一圈明亮的綠色燈泡，然後在它的外圍加上一個鋁環，鋁環上有個小缺口，可以讓燈泡的光線露出。接著利用一個裝有乾電池的迷你電動馬達，就可以讓這個鋁環轉動；當鋁環轉動時，燈光便會從鋁環上的缺口顯露出來，看起來就和燈塔上的信號燈一樣，會一明一滅地閃爍著燈光。最後我們在旋轉塔內部安裝一片透明的塑膠玻璃，將它四周緊緊地黏在包覆著旋轉塔的防水棉布之上，然後才從外面將玻璃中央部分的棉布割下一大塊，這樣就成了透明窗戶，於是我們最炫的幽靈特效就完成了。這樣子人們一定會認為飛碟是在發送密碼，傳達訊號。

另外，我們還在飛碟的周圍裝上了十二支會旋轉的火箭炮，裡頭填有鋅粉和硫磺作為燃料。到時候，只要發送訊號給飛碟上的訊號接收器，我們就可以隨意地發射這些火箭炮，而且火箭炮發射時，它的衝力也會讓飛碟以垂直地面的軸心為中心轉圈圈呢！所以說啊，如果我們讓火箭炮全部同時發射的話，那準會轟動全世界咧！

在訊號接收器的旁邊，我們加裝了第二個接收器，增加接收聲音的功能，而且也在飛碟的腹部安裝了兩個喇叭。「這個是後來才想到的設計，到時候萬一我們想要對地球人廣播訊息的話，就派得上用場了！」傑夫解釋說。

「那我們讓這個東西飛到天上去以後，然後呢，要怎樣讓它降落下來？」費迪問。

「好問題，問得好！」莫泰蒙說：「原來你也有在動腦筋耶！」

「如果我是在問你的話，那我一定會提出一個白癡級的笨問題給你！」費迪還擊說。

「不過啊，費迪，你倒真的問了一個非常好的問題。」亨利插嘴說：「因為到目前為止，我們唯一能讓它降落的方法，就只有祈求老天爺幫忙這一招了。如果天候狀況不佳，我們很有可能讓它升空一次就玩完了！所以呢，在什麼時候，以及從什麼地方讓它升空，這些都必須根據風的情況來決定。我的打算是這樣的，我們讓它從這兒起飛，透過推進器儲槽釋放出一點推動力，然後飄過湖面，往市區的方向飛去。之後它一路飛行，大約會維持在離地面三百多公尺的高度，而廢棄鋅礦場這裡大約海拔一百五十公尺。所以當它飛回來的時候，我們需要放掉它身上的一些氦氣，好讓它慢慢地降低飛行高度。」

「聽起來，的確很傷腦筋喔！」費迪抓了抓頭皮說。

「不過，這還不是唯一的問題呢！」亨利說：「因為當它飛過市區上空時，我們還準備讓它做一點特技表演。但是另一方面，又必須小心不能用掉過多的動力，以保留足夠的二氧化碳，作為回程的動力。當然啦，如果說在它升空的時候，有一點輕微的風力可以幫助我們將它往鎮上的方向吹去；或是回程的時候，剛好有微風幫忙吹回來的話，那倒是可以幫我們省下一些動力。也就是說，如果是逆風的話，那我們就別玩囉！」

「為什麼不讓費迪坐在裡面呢？」莫泰蒙建議說：「他可以幫忙吹氣啊！」

亨利假裝沒聽到他說的話。費迪則是噘著嘴，表示不屑跟他一般見識。

「那麼就剩下最後一個問題了，當它飛回到這邊時，我們要如何抓住它呢？」亨利繼續說：「我們很可能要在山坡上追它，即使我們讓它降低飛行高度，它還是很有可能掉在高高的樹枝上，動彈不得。它也有可能低空飛越這座山丘，繼續飄往克萊伯鎮。」

「如果真的發生這樣的情況，我們就將它身上的氦氣全都從噴氣閥門放掉啊，然後讓它自然地掉下去。」傑夫說：「因為我們會知道它大概的位置，所以就有機會趕在其他人發現以前，到達現場把它撿回來。」

「我記得，熱氣球飛船的兩邊好像都掛有可垂放的拉繩，要下降時就會把拉繩放下，好讓人們將它拉回到地面，我們為什麼不也設計一個類似的東西！」我建議。

「這是一定要的。」亨利說：「我想，我們可以固定幾捲繩子在飛碟的底部，然後當我們發送洩放氦氣的指令時，也同時啟動繩索下放的功能。」

「如果我們在繩子的末端加裝一個有重量的抓鉤的話，那我們就更有機會抓住它了。而且，還可以在山坡上的樹與樹之間，通通綁上許多繩子，有沒有道理？」傑夫說。

「不錯喔，每個人的腦筋都動起來囉！」莫泰蒙說。

「是啊，每個人都是，除了你以外！」費迪用鼻子的氣音說。

「我也有在想啊！」莫泰蒙說：「而且我已經幫這個肥嘟嘟的大氣球想好名字了，我提議將它命名為『飛碟魔幻獸』！怎麼樣，佩服我的聰明吧！」

「我覺得，『胖扁大飛球』比較好。」費迪說。

「這是我的飛碟耶！」丁奇說：「所以我投『飛碟魔幻獸』一票，因為它聽起來比較有深度。」

關於名字，就這樣定論了。當我們將這個名字塗在旋轉塔的周圍之後，飛碟魔幻獸便大功告成，準備好要讓長毛象瀑布鎮的居民大開眼界了。

為了飛碟魔幻獸的首航，我們選擇了一個非常平靜、幾乎沒有半點風的傍晚。當飛碟從廢棄的鋅礦場起飛，往市區的方向飛過去的時候，天色已經變暗了，只有幾片白雲在高空中，反射著落日最後的幾道金光。我們沒敢在白天的時候玩這艘飛碟，因為怕那樣太清楚，一看就會被識破是假的。

荷馬和我負責駐守在他父親五金行的頂樓，從那兒我們可以清楚望見鎮上的廣場。亨利對任何事情都以科學的態度來面對，即使是開一場玩笑也不例外。所以他堅持要我們將鎮上人們的反應，仔細地記錄在日誌簿上，他認為我們的觀察對於要研究飛碟的人來說，也許是很有用的心理學報告呢！所以當我認真地往窗外看去時，荷馬則盤腿坐在地上，將我所看到的東西寫下來。

晚上七點四十八分：由於還有些亮白的雲朵在天邊，所以我只能夠隱隱約約看到飛碟的樣子。現在還看不到任何亮光，所以他們應該還沒將它頂端的信號燈打開。看起來像是往這邊飄過來了，沒錯，它看起來飛得很平穩。

晚上七點五十七分：廣場上有個戴著帽子的人，我想他看到飛碟了，他用手抓了抓他的頭；現在他拉住另一個人，一隻手往天空高高地指去。這時飛碟頂端的信號燈也亮了起來，你可以看到它的燈光旋轉閃爍著，看起來真的很詭異。現在有一些人從「中城餐館」走了出來，其中有個人手上拿著一個漢堡，嚇了一大跳的樣子，手中的漢堡也掉了一地。這時管區警察比利．道爾也從警察局的門廊階梯走了出來，喔，沒有，他又往裡面走回去了。飛碟這時差不多要通過廣場的正上空，看起來就像是懸吊在那兒一樣，比利．道爾又走出來了，原來剛剛忘記戴上他的帽子。

就在這時候，亨利從無線電呼叫我們，他想要知道我們有沒有看到飛碟。

「有啊，」荷馬說：「廣場上有許多人都已經看到它了，差不多可以讓它飛回去了！」

「好啊，不過在它回來之前，我們還要先來一段花式表演呢！」亨利說：「準備好張大你的眼睛囉！」

晚上八點整：我想亨利剛剛發射了一、兩支旋轉火箭炮，所以有許多火花在飛碟的四周閃爍。耶！它看起來就像是國慶日施放的轉輪煙火。現在飛碟以螺旋的方式往上爬升，這表示他一定是啓動了朝地面垂直噴射的二氧化碳噴嘴閥。這時比利警察拿來了一副望遠鏡，放到眼睛前仔細地看著。他往後退了幾步，似乎是要想辦法看清楚些，已經有一大堆人圍著他了，哇！一個重心不穩，他竟往後倒下去，跌到矮牽牛花圃裡了。這時，飛碟看起來已經停止旋轉，叫亨利趕快將信號燈給關掉，我幾乎要看不見那東西了，我想它應該已經往湖那邊飛回去了。

晚上八點十五分：廣場上仍然聚集著許多人，他們到處閒晃，彼此交頭接耳，還一邊用手指著天空，或是揉著發痠的脖子。這其中有些人說不定會一直待到天亮，想等飛碟再次出現。

以上就是「飛碟魔幻獸」第一次飛行過長毛象瀑布鎮上空的記錄。這時，其他的幾個人都已經回到廢棄鉾礦場，準備要抓住下降的飛碟。經過大夥兒一路驚險地苦苦追逐，最後終於在山坡頂將它抓住。之前因為鎮上的人非常仔細地一直望著遠去的飛碟，所以一直要到亨利將信號燈關掉之後，它才從人們的視線裡消失。不過，等到飛碟飛回到草莓湖上空時，亨利還是必須將燈再次打開，這樣才能看清楚它的位置，以便判斷如何遙控飛碟，好讓它飛回到礦場。但最大的問題是，他無法確定，當他發出噴射二氧化碳的指令時，噴氣口究竟是朝哪個方向，所以有時候他的指令反而讓飛碟往相反的方向飛過去。幸運的是，這時候從東方吹來了一陣微風，將飛碟慢慢地吹回礦場。當它順著氣流撞上山坡而彈跳不定時，亨利便趕緊快速地排出它身上的氦氣，但也造成它在低空氣流中上上下下地劇烈起伏，差一點就要翻過山頂飛到另一頭去了。就在他們以為飛碟已經失控飄走的時候，有一條繩鉤竟然卡到一棵很高大的白楊樹最頂端的樹枝。這時丁奇趕緊爬到樹上去，在原有的繩鉤上又綁上了另一截繩子，好讓地面上的人將飛碟給拉下來。

我們決定，暫時先不再讓飛碟升空，而必須先在飛碟底部噴氣嘴的地方加裝方向舵；這樣不僅可以加強方向的控制，而且也可以隨時確定噴嘴的噴氣方向。

隔天，《長毛象瀑布報》的頭版滿滿地全都是飛碟的新聞：**天空出現神秘不明物體，許多民眾宣稱看見飛碟，管區警察道爾先生親眼見證，並描述奇異的飛行**

物體，空軍單位承諾展開調查。

費迪帶了好幾份報紙到俱樂部基地來，這樣我們才可以將這些報導全剪下來，貼到我們的新聞剪貼簿裡。莫泰蒙則把每一則新聞大聲地朗讀了一遍，聽起來還真是五花八門，很嚇人呢！

有一個人說當飛碟離去時，它的時速高達每小時三千公里。當記者問他說，如何能夠確定飛碟飛得那麼快呢？他回答說：「我對速度的判斷很敏銳啊！」另一個人說，那個物體約有一棟房子那樣大，而且它會突然快速升高六千公尺，然後又很快地降下來，看起來好像要找地方降落。有一些人還說，如果你瞪著那個東西一直看，你會覺得頭暈。其中有一個人說，從那個物體發出了一道強烈的光束，迅速地直直射進他的眼睛裡，害他足足失明了五分鐘之久。有一位女士則發誓說，她看見有一個人從那個物體上跳出來，然後降落到地面上，不過沒有其他人同意她的說法。有許多則報導都提到說，從飛碟上傳來非常大聲的嗡嗡嘶嘶的噪音，另一些人則宣稱說，當時空氣中充滿了一種奇怪的味道。

「嘿，這個有味道的點子倒是不錯呦！」莫泰蒙說：「下次我們就丟幾顆臭臭彈下去吧！」

「也許我們可以讓它像母雞下蛋一樣，咯咯咯地落下一些爛掉的臭雞蛋。」費迪故意捉弄莫泰蒙，誇張地這樣說。

想到這些誇張的玩笑可能引起的後果，連亨利都被逗笑了。「這表示的確還有許多可讓我們發揮的空間，」他說：「不過，現在還沒到表演這些安可節目的時候，因為我們還不想讓事情那麼快就進入尾聲呢，對吧！」

接下來的這一天，報紙刊出了專訪西港空軍基地指揮官馬其上校的新聞。上校說他已經寫了一個完整的報告，將長毛象瀑布鎮的「意外事件」呈報給位於俄亥俄州萊特派德森空軍基地的「藍皮書計畫——美國空軍幽浮特遣部隊」辦公室了。「他們的工作就是要去調查，所有關於未被證實的飛行物體的報告，」他告訴報社說：「而且他們已經承諾，要馬上派一批調查人員過來。」

結果，這個由哥倫比亞大學心理學教授所率領的調查隊，在當天就抵達了。但是他們一副神秘兮兮的樣子，關於調查工作完全不對公眾媒體做任何的說明。唯一提到的是說，截至目前為止，根據他們的了解，民眾在長毛象瀑布鎮看到的物體，並非什麼不尋常的狀況。調查隊中有一位成員是物理學教授，他說出現不明物體那天，長毛象瀑布鎮的氣象記錄顯示，曾有溫度逆轉的現象發生，所以「在這樣的天候狀況下，大氣中出現『海市蜃樓』的景象，也就不是什麼稀奇的事了。」這樣的解釋，當然沒有人覺得滿意。

這個調查隊，在鎮上待了三天，訪問了每一位目擊民眾。我們敢說，被訪問的人當中，有一大部分根本就什麼東西也沒看到！調查隊離開的隔天，我們就再度讓飛碟魔幻獸升空了。

在第二次的飛行過程裡，它表現得很好。莫泰蒙透過擴音喇叭播放出吵雜、詭異的音效，好滿足那些自以為聽到飛碟傳出巨大嗡嗡聲響的民眾。但是，這一次有人一看到飛碟後，就馬上打電話向西港基地的空軍通報這件事，而空軍則表示，在他們的雷達上根本就沒有出現任何物體。不過，在接二連三地接到許多民眾的電話之後，他們只得同意緊急派出兩架飛機去偵查。

當然囉，以上發生的這些事我們是不會知道的。但我們還是聽到了天邊傳來噴射機低吼的引擎聲，所以當飛機通過廢棄鋅礦場的上空，往市區飛去時，我們馬上就能猜到是怎麼回事了。而且這個時候，荷馬從無線電呼叫亨利，要他趕快將飛碟上的信號燈關掉，以免飛機在搜索的時候發現它。所以，亨利讓飛碟用全速往山丘那邊飛回去。從鋅礦場那兒，亨利可以看到，那兩架噴射機在轉彎回飛的時候，機身反射出的落日餘暉；根據飛機和飛碟的相對位置以及飛行速度，亨利推算，在飛碟飛回到山丘以前，一定會被飛機看到！不過，幸好天暗得很快，草莓湖面上方幾乎暗的跟黑夜沒兩樣，所以如果能讓飛碟以相當低的高度貼在湖面上方飛行的話，偵察機就很有可能不會發現它了。

這個主意不錯，亨利頗為得意，但是好像有點興奮過了頭，所以他一個不小心放掉了過多的氦氣，使得飛碟還沒來得及回到岸邊時，就因為耗光了二氧化碳，而砰地一聲掉進湖裡去了。雖然它並沒有真的栽到湖裡面，而是像個軟木浮標似地漂在水面上，但是當我們使力穿過西岸那些茂密的樹叢，耗了好幾個小時好不容易來到岸邊，才發現它根本就像隻游在池塘裡的鴨子，離岸邊有超過兩百公尺那麼遠呢！於是傑夫和莫泰蒙只好游過去，把它拉回來。當他們

兩個把飛碟拖到岸邊後，我們合力將它輕輕推到這附近一個最隱蔽的湖彎邊，然後極盡可能地找來許多的枯枝與樹葉，把它完全遮蓋住，這樣就不會有人發現它了。於是，只得暫時把它藏在那兒，直到我們想出好方法，才敢讓它再次升空。

這時，還有一件事是我們不知道的。偵察機的一位駕駛員，在飛碟消失於濃黑的夜色以前，竟然被他給看見了，而且還成功地將他的相機長鏡頭瞄準飛碟。那位駕駛員認為，他是第一位從空軍軍機上拍到飛碟照片的人，而西港空軍基地的發言人也毫不猶豫地，馬上在第二天的報紙上公佈了這張照片。

這次行動所引起的軒然大波，還真是有看頭呢！這次根本就不需要馬其上校主動請求調查，許多業餘的飛碟或物理現象調查專家，全都擠到長毛象瀑布鎮來了，而「藍皮書計畫」的官員則在鎮公所裡頭設立了一個調查辦公室。拍攝到飛碟相片的駕駛員先是接受測謊，然後被送往萊特派德森空軍基地去做精神檢查，所以沒有任何業餘的調查人員或是媒體可以訪問他。發言人葛拉罕中尉因為在空軍尚未檢驗照片的真實性以前，就擅自將它公佈而遭到嚴厲的指責。馬其上校則被左右夾攻，兩面為難。因為所有的記者都一直纏著他，要他發表一些聲明。國防部則要他把自己的嘴巴縫起來。

沒有人知道，當飛碟從飛機駕駛員的視線中消失之後，它飛到哪兒去了。然而，卻有謠言在鎮上到處流竄。有人說，那玩意已經摔到山谷底下去了，而且還有綠色的小人跑到山路上翹起大拇指要搭便車呢！現在天黑之後，路上就幾乎沒有半個人影了，而藍姆．柏金則拒絕在天還沒亮以前派送牛奶。家庭主婦之間則充滿著一股焦慮，因為有某個傻蛋放出謠言說，這地區的所有母雞所生下的雞蛋都被放射線污染了，所以斯桂格鎮長不得不請農業部的人來檢查所有在商店裡出售的雞蛋。長毛象瀑布鎮女性俱樂部的會長伊芙珍．萊芭迪則投書到報紙，請求鎮長發佈晚上八點以後宵禁的命令。而一直希望成為鎮長的亞伯納．夏普則告訴獅子會會員說，如果是他當鎮長的話，他就會要求州長派國家警衛隊來，好讓鎮民晚上能安穩地睡覺。

白天的時候，有許多具冒險精神的志願者前往草莓湖西邊的山丘搜尋，滿懷希望看能不能找到一整群等著被邀請去白宮的火星人，但是沒有人發現任何東西。費迪的堂弟哈蒙．摩頓，引導了一票搜索人員來到廢棄鋅礦場，但是我們早就已經將所有的無線電器材搬走了，所以那個地方看來就像是已經被棄置了幾個世紀一樣的荒涼。我們認為必須暫時按兵不動，先觀察看看人們會有怎樣的後續動作再說。結果不出所料，隔天馬上就有人出招了。

那時候費迪和我正在亨利家後院，幫忙亨利除草。摩里根太太從廚房的後門對我們說，有貴客來找亨利，她看起來顯得有點慌張，但也很興奮的樣子。

「我大概可以猜到那是誰。」亨利帶著一點點緊張的微笑說：「你們最好和我一起進去！」

我們走進屋裡，看到馬其上校已經坐在客廳裡的一張大搖椅上，他看起來非常疲勞，身上的制服也弄得縐巴巴的，但他還是表現得和往常一樣，心情很愉快的樣子。摩里根太太急忙地在客廳收拾著，撿起地上的報紙、用她的圍裙擦掉桌面上的灰塵等等。「真抱歉，」她說：「我馬上就好了！」邊說著還邊把茶几上的一堆花生殼撥進她圍裙的口袋裡，然後就消失到廚房裡去了。

「我只是剛好開車經過這邊，想到說可以進來和你打個招呼，問聲好！」

上校站起來和亨利握手時這樣說。

「嗨，你好！」亨利說。

「不過你不能夠再繼續往前開去了，」費迪說：「這條路是條死巷耶！」

上校笑了出來，還擰了費迪的耳朵一下，才坐回他的位子上去。然後他直直望著亨利，故作輕鬆地問：「最近，你都在做什麼呀？」

「沒做什麼特別的事呀！」亨利回答。

「沒什麼特別的？」

「還不就是過去那些有的沒的。」亨利聳聳肩不在乎似地說。

上校的手伸進口袋裡抽出一根菸。「你們對於最近鎮上這些鬧哄哄的事，有什麼看法？」他問。

「什麼鬧哄哄的事啊？」費迪說。

上校又笑了，接著才點燃他的香菸。「我是指最近這些關於飛碟的事。」他解釋道。

「哦，你是說那個喔，有些人真的是頭殼壞去耶！」費迪說。

「亨利，你覺得呢？」

「我覺得很有娛樂價值啊，很好玩！」亨利揉揉他的鼻子。

「是啊，我也覺得很好玩。」上校同意他的說法：「但是，現在我已經連續三個晚上都不能好好睡覺了！」

「那真是太糟糕了。」亨利雙手抱著右腳的膝蓋。

對話到此突然停了下來，上校瞪著天花板看了一會兒，他有點困難地在座位上換了一個姿勢，然後開始把玩著他的帽子，在他兩個膝蓋上旋轉著。後來，他終於清了一下喉嚨說：「我只是在想，你們這些孩子說不定可以幫上我的忙。」

「我們又不懂如何治療失眠症！」亨利說。

「那你為什麼不去看醫生呢？」費迪建議他說。

上校又笑了，只不過這次帶著點苦笑。「我想，我需要的不是醫生。」他說：「只要這次的調查能夠盡快地結束，那我也許就能放心睡大覺了。」

這時，客廳又再次陷入沉默，好在摩里根太太突然走了進來，幫馬其上校端來一杯茶和一盤小黃瓜三明治。「馬其上校，請喝杯茶吧，這會讓你覺得舒服些的。」她說：「這陣子，你一定忙壞了喔！這些飛碟的事情還真是大麻煩呢！啊，抱歉喲，我得去把洗衣機裡的衣服拿出來晾了。」然後她又再次消失，進去廚房了。

上校以微笑表示感謝，但是懷疑地看著三明治。「小黃瓜三明治？」他有點不確定地說。

「是啊，這個很好吃喔！」亨利說。

「吃一個吧！」費迪手上已經拿起了好幾個三明治：「它可是會讓你吃到一個接一個，停不下來喔！」

「那我就吃一個看看囉！」上校說：「我今天到現在都還沒有時間吃午餐呢！」他拿起了一個三明治，不管三七二十一地咬了一大口，然後用他那淺藍色的眼睛直直地盯住我。

「回到我們剛剛的話題，」他說：「你們當中有沒有任何人在這附近看到過飛碟呢？」

我看了一下費迪，而費迪也看了亨利一眼，亨利雙腿交叉，將雙手放在膝蓋上。「上校，你說『看到飛碟』是什麼意思？」他問。

「嗯，那我們這樣說好了，有沒有看到任何出現在天空中，但卻是你無法解釋的物體？」

「沒有。」亨利說。這時我的呼吸總算稍微順暢了些，而費迪則伸手又拿了幾個三明治。

上校將剩下的三明治一口塞進嘴巴裡去，咬了幾下後吞了進去。「那可就不妙了，」他說：「我本來還想說，你們或許能提供我一些有用的訊息呢！」

費迪滿嘴都是三明治的小黃瓜，哇啦嘰哩咕地說了句沒人聽得懂的話。

「嗯，我完全同意。」上校說：「亨利，你說得沒錯，這些三明治真的很好吃，我想我還可以再吃一個。」但是他伸出來的手卻停在半空中，原來已經盤底朝天了。

「當你和費迪同桌吃東西時，動作一定要夠快！」亨利說：「我到廚房再為您拿一些出來！」

「喔，不用了，謝謝你。」上校說：「反正，我差不多應該走了。」於是就拿起他的帽子走了出去。

「吁——」當上校終於離開後，我吹了一聲口哨，說：「也許我們這陣子都應該乖乖地，不要輕舉妄動喔！」

「哦！你說了謊。」費迪用他那肥肥短短的手指頭指著亨利說。

「我才沒有呢！」亨利堅持地說：「他是問我，有沒有看到天空中出現我無法解釋的東西，我才回答說沒有的，而這可是事實喔！」

費迪想了好一會兒，「好狡猾的小子，你長大後應該去當政治人物。」最後他終於開口這樣說：「如果你去競選總統的話，要記得提醒我，一定要選其他人，千萬不要投給你！」

「我還是覺得，我們暫時先不要亂來比較好！」我又重複說了一遍。

「我倒有不一樣的想法耶！」亨利說：「因為那樣一來，不就正好順他們的意了嗎！既然馬其上校已經開始懷疑我們了，而我們也因為這樣就停手而不出擊的話，那不就剛好證明他的猜測是對的嗎？而且也會讓他以為事情已經解決了！如果我們真的想讓大家的眼珠子掉下來的話，那我們最應該做的事，就是盡可能在最快的時間內，讓飛碟再次升空。也就是說，今晚！因為沒有人會認為我們有這個膽量，敢在馬其上校剛剛來關照後，就繼續作怪！」

「哦！你要動用暴力喔！」費迪說：「說要挖大家的眼珠！」

「我是說，要給大家一場震撼的驚喜，」亨利說：「藉此混淆他們推測，讓大家驚訝得說不出話來！」

因為哈蒙．摩頓曾經引領「藍皮書計畫」的調查人員去過我們位於廢棄鉾礦場的操作中心，所以我們決定改變策略，改以更具機動性的方式。我們所需要的是一部大卡車，好將所有的裝備儀器都放上去，這樣就可以到處移動了。而經營鎮上最有趣的舊貨場的查克．波尼菲，正好擁有我們所需要的卡車，所以我們邀請他加入，成為我們的同黨。

查克的卡車叫做「轟轟理查」，是一部非常老舊的古董車了，而他也是唯一有辦法讓它上路的人。也就是說，查克和那部卡車之間，存在著難以解釋的情感。就像你一定聽說過的，有些機械就是只會對某個人的操作有所回應，換了別人就不行，那也正是「轟轟理查」和查克之間的寫照。總之，如果不是因為查克的話，這部卡車就只會是堆放在舊貨場上的一大坨生鏽廢鐵而已，而不會是現在這部會深呼吸、活生生的大怪獸了。這世界上真正的機械天才是很少見的，而查克正是擁有這種天賦的少數人之一。他認為，人應該盡可能地用最少的力氣來做每一件事情。從查克的舊貨場裡頭就可以得到證明，那兒充滿了各式各樣可以節省人力的精巧設計與裝置。所以說，如果他想要的話，他絕對有辦法管理整個舊貨場，而且不需要從他辦公室裡那張破爛沙發椅上抬起屁股、挪動半步！也就是說，事實上，查克絕對有足夠的聰明才智可成為百萬富翁，只不過他寧願花時間去釣魚！

我們將所有的無線電器材都裝進卡車裡，然後去到湖邊把飛碟給拉出來，再由查克將它吊到卡車上。接著，我們一路平穩地開往鋅礦場，順利地在天黑以前抵達。一同在車上的還有亨利、莫泰蒙和傑夫。荷馬和我則同樣地留守在斯諾格五金行的頂樓，以便觀察飛碟的行蹤。

丁奇和費迪另有特別的任務。因為亨利認為，這很有可能是這艘飛碟最後一次的飛行，所以他指示丁奇和費迪好好地「去把大家的眼珠挖下來」——這是套用費迪的說法。事情是這樣的，那一天下午，收音機的新聞時段播放了馬其上校的聲明。他說，根據他的調查顯示，並沒有發現任何證據可證明這個區域有不明的飛行物體出現。而所謂被許多人目擊的物體，也都已經有了合理的解釋。所以他已經請「藍皮書計畫」的調查人員打包回府了。最後為了回答記者的問題，他只是含糊地說，他很高興他已經親自「解決了這個謎團」，而且很有信心地認為，長毛象瀑布鎮地區一定不會再有人看到幽浮出現了。

當亨利一聽到這個廣播消息後，整個人頓時陷入驚愕的失神狀態，接下來的十五分鐘之內，任何人說的話，他全都沒聽見。等到他終於回神過來時，他把費迪和丁奇拉到一旁，給了他們一長串連珠砲似的快速指令，然後他們兩個人拔腿跑出了俱樂部基地。那個時候，我們其他人全都聚集在基地裡，討論晚上的飛行操作。也就是說，從那時起，一直到當天晚上，都沒再看到費迪和丁奇他們兩個了。

從位在三樓的五金行閣樓窗戶看出去，荷馬和我只能勉強看到草莓湖後方的山丘頂端，在夕陽餘暉的映照下顯露出山巒輪廓。而廣場上就像往常一樣，有許多習慣在傍晚出來溜達散步的人，也有一些到處聊天、交換當天八卦消息的人。消防隊的人員從下午起就把水管攤開來放在門口曬乾，所以現在正忙著將水管重新捲起來，掛回卡車的架子上。在加米須德國香腸店的前面，有四位救世軍的樂手正在大聲演奏聖歌，還不時走音呢，不過也沒有人會去特別留意他們，除了兩條原本就經常留連在香腸店門口的狗以外。牠們坐在人行道的邊緣上，每一次短號樂手吹到高音時，牠們就會跟著嚎叫一聲。

突然間，荷馬碰了一下我的手肘，手指著遠處的湖岸，那兒出現了兩個非常小但相當明亮的物體，就在山頂上跳動著。很快地，又出現了第三個，接著又來了另一個，再一個。其中有一個突然往上竄高，衝得比其他幾個都來得高，而且持續以大迴旋的姿勢飛舞著，在黑暗的天空劃出螺旋形的火光。這時，在同樣的山丘附近，這種物體出現得更多了，有點像是從西邊飛過來的。其中有些看起來正在燃燒，發出白色的亮光，有的則帶有淺淺的藍色光。

其實這正是我們的暗號，表示說，今晚的計畫已經正式開跑。有了查克的幫忙，亨利、莫泰蒙和傑夫發射了一連串的「鬼火球」——這是亨利命名的。那其實只是些塑膠袋，開口的一端黏著鐵絲網或是中間穿洞的鐵罐蓋子；袋子裡再裝進加熱的空鐵罐或是一支大蠟燭，然後將塑膠袋和鐵罐蓋子之間完全密封好，結果就會和熱氣球的原理一樣。當它們突然遇到空氣氣流時，就會像個發瘋的風箏，猛然竄升到高空，然後又狠很地掉下來；或是在空中毫無規則地飛舞，一下子在這邊，一下子又往另一頭突然衝出幾公里。這些狀況對於站在地面上觀看的人們來說，簡直像是不可思議的奇蹟！

這時，天空中大概有二十幾個鬼火球，正瘋狂地在草莓湖的上方旋轉跳躍著。這種景象，絕對足以讓最冷靜的居民都不得不同意，這個城鎮已經被上百個飛碟給入侵了。這時，從西邊吹過來一陣陣的微風，剛好大大地幫助我們，將鬼火球慢慢地往長毛象瀑布鎮這邊吹過來。過了一會兒，飛碟頂端那熟悉的綠色閃光，在這些跳動不止的火球下方出現了。那麼，下一分鐘之內，在廣場上散步的人們就會看見它們了。荷馬和我並肩坐在閣樓上的窗戶邊，幾乎是停止呼吸般地等待著，彼此都可以感受到對方因為緊張而微微發抖的身體。

當我們看到飛碟漸漸往市區靠近的時候，我就把無線電的開關打開，和亨利保持聯繫。我們的計畫是，當飛碟來到市區之後，就由我和荷馬接手操控飛碟。因為我們裝在閣樓屋頂上的一支天線能夠增強訊號的電波，所以可以更有效地將指令傳送給飛碟上的接收器。和上次必須透過無線電將指令告訴亨利，再由他來傳送訊號比較起來，這樣子要來得方便多了，也比較能夠迅速反應、靈活地遙控飛碟。

飛碟這次飛得很低，大約只有離地面一、兩百公尺高，因為我們在它身上纏繞了一些鉛線，加重它的重量，所以它才會從本來約三百公尺的飛行高度降低下來。接下來，正如我們所預料的，當飛碟漸漸飛過來，籠罩在消防局的頂樓上頭，而且還停留原地盤旋不去時，原本都還在忙著觀看遠處鬼火球詭異景象的人們，這時才猛然發現頭頂上的飛碟，因此全都給嚇了一大跳。不過，他們之所以會注意到飛碟，是因為聽見了很吵雜的嘶嘶響聲。由於荷馬讓飛碟洩放掉大量的氦氣，發出了氣體噴射的聲音，使得飛碟變得更扁，也因此才能夠停滯在消防局的頂樓上空。所以當人們看到它時，它正快速地降低高度，掉了

下來，然後咚地好大一聲，落到消防局的頂樓上，於是飛碟就這樣從廣場上的人群眼中消失不見了。

人們一看到這近在眼前的詭異景象，全都慌慌張張地後退，往廣場的另一端擠過去。有些人是試著要找個可以看得比較清楚的位置；有人則只想要趕緊逃開，害怕還會再發生什麼更恐怖的事。有兩個膽子大的年輕人，拼命抱著電線杆爬，想說站高一點也許可以看見消防局屋頂上的情況。救世軍樂隊當然早就已經停止演奏，此時他們幾個樂手正張大了嘴巴，驚訝地看著許多消防人員從消防局裡沒命似地衝出來。加米須德國香腸店門口的兩隻狗則是將鼻子拉得高高地對著天空，瘋狂嚎叫得像是兇猛的小野狼。

當時站在廣場上的人們完全看不到的是，頂樓上竟有兩個全身上下綠油油的外星人！他們正是穿戴了一身道具服的丁奇與費迪，兩個小時以前就已經躲在那屋頂上待命了。這時候他們正忙著將飛碟身上的鉛線拆下來。當他們完成之後，便向著我們這邊用力地揮著手。然而，荷馬卻好像沒看到似的，毫無表情地望著我。

「他們發出暗號了！」我小聲地對他說。沒想到他仍然沒有反應，所以我只好用力地往他胸口戳了一下。「打開噴射動力！快打開！」我在他耳邊吼叫，荷馬才終於回過了神。這時候，飛碟已經因為重量變輕，而開始慢慢地從屋頂上升起來。當荷馬發送遙控訊號將飛碟上的四個噴嘴閥門同時打開時，我們的無線電系統因為受到電波干擾而發出了刺耳的吱吱聲。在廣場觀看的人們聽到飛碟竄高而發出的嘶嘶巨響，全都被嚇得哇哇大叫。消防隊的人員拿來了消防雲梯，準備要從外牆爬上屋頂。不過這時候，又從上頭傳來了奇怪的雜音，全部的人都仰頭往上看。出現在他們眼前的，是兩個綠色的小人趴在頂樓邊緣的短牆上，搖晃著綠色的頭，頭上還長著兩隻角，眼睛也正往下瞪著廣場上的人群。正當大家都被嚇得說不出話來的時候，綠色小人頭上的角竟然還一明一暗地閃爍起來。於是只見這兩個綠小人爬到短牆上面，走過來又走過去地，好像是在判斷要從哪邊跳下來，所以更是把人群給嚇壞了。現場的群眾全都發狂似地四散逃開。這兩個綠人，一個瘦巴巴的，另一個則是圓滾滾的，但兩個看起來都非常矮小的樣子。

有幾個消防人員衝進屋子裡去，又衝了出來，他們拿出一張安全網，開始演出一幕長達好幾分鐘的荒誕劇。綠色小人在頂樓護牆上胡亂地跑，一會兒在左，一會兒到右，消防人員也張開安全網隨時跟著跑，才喘著氣趕到右邊，又急忙往左邊挪，想要用安全網接住那看起來隨時會往下跳的綠色小人。

突然間，兩個小人從護牆跳回到頂樓地面，就這樣從人群的視線裡消失不見。整個場面頓時凍結，群眾完全安靜無聲，像是在期待他們會再次出現。消防人員也都還停留在原地，一副已經有了萬全準備的姿勢——如果小綠人又出現的話，便會馬上移動安全網，或者是爬上消防梯。

不過，費迪和丁奇已經拍拍屁股走掉了。他們躲過了架設在頂樓的探照燈光，爭先恐後地搶著去抓住貫穿樓層的黃銅立桿，順著這根桿子就可以一路下滑到一樓地面。

「我比你快！」丁奇先聲奪人地叫著，雙手緊緊環抱著立桿，然後像閃電俠似的，咻地一聲就降落到地面上了。隨後費迪也一邊喘著大氣，一邊將他的大肚腩緊緊貼在立桿上，嘟著嘴喊了一聲：「降落！」當他落到地面上時，發出了碰地一聲，而且幾乎是不偏不倚地把剛剛落地的丁奇給壓扁了。當費迪好不容易伸直雙腿，從這個意外的驚嚇中站起來時，他的褲子後面卻唰喇地一聲，裂了一個大洞。如果這時候還有其他人在旁邊的話，就會看到一個瘦巴巴的綠色小人從後門溜出去，後面緊跟著另一個，但卻是肥嘟嘟的，而且背後還露出一個白嫩嫩的大屁股！

消防隊前演出的一切，讓我和荷馬看得入了迷，差點把飛碟的事都給忘了。還好從無線電傳出了亨利的聲音，把我們拉回到現實。

「荷馬，你忘記關掉噴射閥門了！」我對著他驚叫：「飛碟已經飛太遠，快看不見了！」

「快點呼叫亨利，改由他操控。」荷馬回答說：「他比較會控制。」

但是當我把這個訊息告訴亨利時，他卻說：「我不能，嗯……嗯……我們有了其他同伴，我想我們必須按照原先的計畫，繼續我們的實驗。」

「亨利，什麼原先的計畫啊？我們哪有什麼計畫！你是說，你要我們試著引導魔幻獸回到鋅礦場嗎？」

「不，不是，沒有必要這麼做，只要用你覺得最好的方式就行了！」

「亨利，你是不是瘋了，我是查理啊！記得嗎？」

「我說了，這裡有其他同伴加入了，」亨利重複又說一遍：「而且他們對我們所作的氣流散射實驗印象深刻。」

這時候，我直覺地認為亨利鐵定是在發神經！但荷馬和我這時候還不知道的是，的確有新的同伴加入了亨利他們。差不多就在飛碟降落到消防局頂樓的時候，馬其上校和「藍皮書計畫」的調查人員也來到了鋅礦場。很自然地，他們對於瘋狂科學俱樂部為什麼要把這麼一大堆無線電器材裝在查克．波尼菲的卡車上，表現了高度的興趣與好奇。更何況，那時候，天空中還出現了一大堆瘋狂飛舞、閃爍的火光球呢！

當哥倫比亞的教授問亨利，裝在卡車上的方向天線是幹什麼用的時候，亨利解釋說：「我們是在作一個對流層散射的實驗，每次發現到有不尋常的雲層在這區域形成的時候，我們就進行實驗，在這山谷的幾個不同地點，把訊號個別打到雲層上去。」

「真的是很有趣啊！」一個穿得很整齊、臉色烏黑的矮個男人肯定地說。他是來自麻省理工學院的印度籍教授，馬其上校稱他為拉瑪·道馬·龍教授。他接著又問：「那你要怎樣測量訊號的強度呢？」

「我們還沒想到那麼遠耶！」亨利敷衍地回答他。

我們後來在無線電上的對話，才讓我終於了解真實的狀況。一開始，我幾乎完全聽不懂亨利到底在說什麼，但是起碼我知道，一定是發生什麼意外的事情了。

「嘿！亨利，你給我聽好，這下子糟糕了。」我告訴他：「魔幻獸已經失控了，因為荷馬把二氧化碳全都噴光了，所以它已經飛得太高了，我幾乎快要看不見它上面的信號燈了。看起來它像是往東北方飛過去，而且我猜它正被氣流帶著走，移動的速度相當快！」

「是的，我看到它了。」亨利回答：「我是說，是的，我看到了。嗯嗯，好吧，我想我們今晚就只能做到這兒了！」

「嗄？亨利，你到底要我們怎麼做？」

不知道為什麼，亨利沒有立即回應。過了一下子，他才吞吞吐吐地說：「你最好騎上你的腳踏車，然後到檸檬溪上的白叉橋與我們會合。我想，今天晚上的天氣蠻適合我們騎腳踏車到處去逛一逛的！」

這時我心裡已經猜到亨利的意思了。「什麼時候？」我問。

「現在，馬上！」亨利說。

當亨利和我在無線電上通話時，莫泰蒙已經悄悄地從圍繞在卡車旁邊的人群中溜了出來，在馬其上校的車子上動了點小手腳，偷偷地拔掉發動器中的一個小零件。當他回到卡車旁邊的時候，亨利和傑夫正有禮貌地和兩位教授握手道別，而查克也發動了「轟轟理查」，發出了震耳欲聾的聲音。

「我們會跟在你們車子後面，確保你們安全到家。」馬其上校在引擎低吼的吵雜聲中，大聲地說。

「喔，不用麻煩了！」傑夫也喊叫回去：「您還有更重要的事要做，我們會安全回家的，沒問題！」

當查克開著「轟轟理查」離開鋅礦場，來到跨過溪谷的橋上時，還仍然傳來馬其上校不斷轉動引擎，試著要發動他的箱型車的聲音。此時，飛碟魔幻獸早已經遠遠地飄到東北邊的高空中，成了一個微小的光點。而且，似乎開始變天了，風力逐漸增強，西南邊傳來了一陣陣轟隆隆低沉的打雷聲。

「往克萊伯鎮的方向去！」亨利對查克大喊。然後努力調整車上的天線，試圖偵測出正快速遠離的魔幻獸行蹤。「我們現在大概只有千分之一的機會可以找到它了，但我們還是要盡全力。」

當我和荷馬努力穿過廣場上的人群，往白叉橋出發時，我發現整個廣場上的景象，仍然像是一場非現實的夢境。雖說共同經歷了剛才發生的事情，人們的反應卻有兩種不同的極端。有一些人提議要組成一支搜索隊，去尋找綠色小人；其他人則有點駝鳥心態，想要假裝什麼事都沒有發生過。這時候廣場上紛紛響起了警笛的聲音，因為來自警察局與警政署的巡邏車都努力地想從廣場擁擠的人群中開出一條路，以便趕到打電話來報警的郊區民眾家裡去。我們聽到廣場上有人說，亨利・艾柏凱打電話給警方，說有兩個明亮的物體侵襲他的牧場，還踐踏他的乳牛群。他要警察趕緊想個辦法來對付，因為他說再這樣下去，明天擠出來的牛奶一定都會發酸。當我們經過一部警車旁邊時，剛好聽到警方無線電傳出來另一部警車的報告。那位員警說天空中出現一個奇怪的藍色光體，而且還不斷地攻擊他的車頂，所以迫使他開上了克萊伯高速公路，然後那個奇怪的東西又一下子突然往天空竄昇，高高地飛上去了。這時，風變得更大了，栗樹路兩旁的樹木也都被吹彎了腰，看起來一場熱鬧的暴風雨就要登場了。荷馬和我都騎著腳踏車，彎下身體盡量靠近手把的地方，瞇著眼睛，使力地踏著腳踏板，拼命地趕往大橋那邊。

比起來，丁奇和費迪就好命多了，他們今晚的任務已經結束了！他們躡手躡腳地走出消防隊的後巷後，就從街角的人孔潛進地下排水道，從地面上消失不見了。我們長毛象瀑布鎮的大雨排水管系統是相當完善的。因為每年初春的季節，雨總是下個不停，所以過去每年市區幾乎都會淹大水。後來鎮議會終於負起責任，不再對這個問題視而不見，構築了這個排水道系統。那些埋在地底下的水泥管，大得足以讓一個一百八十公分高的人站在裡頭呢！所以費迪和丁奇唯一要做的事，就是在地底下的排水管裡走上幾條街的距離，差不多離開市區後，就可以把身上的綠色道具服裝脫下，選擇任何一個地方離開排水管，回到地面上來，所以我們根本就不需要擔心他們兩個。

我們到達橋上時，已經開始下起不小的雨了。等到橋頭那兒出現轟轟理查的刺眼頭燈光束時，雨已經大到幾乎要完全擋住視線了，就像是老天爺將一桶一桶的水不斷地從很高的地方直接倒下來一樣。查克把他頭上的棒球帽往下拉了一把，嘴巴還叼著一根已經被雨水打濕的雪茄菸屁股，一會兒左、一會兒右地乾抽著。這時，荷馬和我全身早就濕透了，但還是得拿出力氣把我們的腳踏車往上抬高，讓車上的傑夫和莫泰蒙接上去，然後才爬到車上。

「我們失去它的訊號了！」亨利大聲喊，聲音大過打在卡車防水帆布上的咚咚雨水聲，「但是根據風向，它似乎被吹往克萊伯高速公路，所以我們必須往那邊去。」

「那馬其上校和那些教授怎麼辦呢？」當我總算把鼻子裡的水都擰出來之後，我問。

「他們決定要暫時先待在鋅礦場那邊了！」莫泰蒙說。

「上校的車子引擎出了點小問題，」傑夫解釋說：「恐怕他會錯過所有的精采好戲喔！」

莫泰蒙用一部無線電監聽著警方的通訊網，這樣他就可以將警方的發現轉述給亨利。這一路上，每當車子轉個大彎之後，傑夫就得努力地調整天線，試著將它對準飛碟可能前進的方向。如果亨利從耳機聽到偵測出飛碟的嗶嗶訊號聲時，他就會把手直直地舉到空中，如果手舉偏右或偏左，則表示又失去訊號了，傑夫必須再次調整天線。

「如果我們可以持續接收到它的訊號而不中斷的話，那我就可以傳送指令給它，好將大部分的氦氣都放掉，這樣我們就可以讓它降落在某個我們到得了的地方了！」亨利說。

「我同意這樣的做法，」莫泰蒙說：「這樣總比開著卡車跟在它屁股後面窮追猛趕，要來得容易些！」

傑夫舉起手對準了莫泰蒙的頭，假裝給他開了一槍，但是莫泰蒙已經敏捷地彎下身體躲開了。「喂，這可不是說笑話的時間喔！專心做你現在負責的事吧！」

「你這一槍我會記住的！」莫泰蒙說。

雨下得太大，所以查克沒辦法開得很快，但是亨利認為我們必須保持車速，以便追上魔幻獸，而且天氣報告說這陣風只有每小時四十公里左右，所以它應該不會飛太快的。這時候，有兩輛警車從我們旁邊呼嘯而過，警示燈都閃著，警笛也嗡嗡叫著。

「他們一定是要去海仁．普爾家。」莫泰蒙說：「因為他剛剛報警，說有一個帶著綠色閃光的物體在他的蘋果園上空飛行。」

「很好！」亨利說：「這剛好給了我們一個方向，叫查克改走印地安山路，然後前往潘德格斯農場，也許我們可以在那兒攔截它。」

我將亨利的話轉告了查克。當我們走上印地安山路時，我便要求他加足馬力，希望我們可以比魔幻獸更早到達。潘德格斯農場位於山丘的另一邊，也就是介於印地安山路和克萊伯高速公路之間的地方。當我們來到山丘南端，正要繼續往北趕過去時，亨利的手直直地高舉到空中，眉飛色舞地哇哇大叫起來。

「我聽到了，聽到訊號了！」他大喊：「而且是很穩定、持續的嗶嗶聲，我現在就把氦氣放掉，希望它會自動降下來。」

我爬到卡車的前座，然後一頭鑽出車頂的帆布棚，站在車門邊的踏板上。這時因為大雨不斷地打在我臉上，所以沒有辦法看得很遠。但是如果魔幻獸出現的話，我想至少還是能夠看見它上面的信號燈吧！這時我才知道，什麼是真正的落湯雞，和這樣站在急駛的車門外淋著雨比較起來，剛剛那樣騎腳踏車淋雨根本就是小意思。雨水就像全都落到了我一個人身上，身上的衣服和皮膚沒有一個地方是乾的了。但是這樣辛苦的犧牲終於有了代價，我看到左上方有個東西閃了一下。我認為那鐵定就是魔幻獸了，不可能是別的東西，因為在這樣糟糕的天氣裡，飛機是不會升空的；而在這個鳥不生蛋的郊區，除了石頭、樹木，和草原以外，也不會有別的東西了。

「把它降下來！快點，亨利，把它降下來！」我大吼著：「我看到它了，我看到了！」

我緊抓住擋風玻璃旁的把手，把下巴抵在車頂的帆布上，這樣就可以用另

T70

一隻手來擋住雨水，讓雨水不會打進眼睛。我專心地盯著魔幻獸剛剛閃光的方向，看能不能再次看到它的信號燈。當我們轉了一個大彎越過柳葉河之後，我又看到它了。它看起來像是一個被掛在半空中的氣球，正要飛過印地安山。突然間，它又從我視線裡消失，飛到左邊的一個矮土丘後頭。

「轉到通往潘德格斯農場的小路去！」我對查克大聲喊叫。

查克更用力地把嘴上的雪茄菸屁股嚼得上上下下跳動著，當他駕馭著轟轟理查走在泥巴碎石路上，快要到潘德格斯的紅色大農舍時，雨突然變小了，這表示風暴的中心已經往北方移走了。這時天空雖然繼續飄著毛毛細雨，但是月亮已經從雲層縫隙中露出臉來，把小路兩旁濕漉漉的牧草地都照亮了。而魔幻獸就在我們眼前！在距離地面不到六公尺高的地方，漫無目標地在微風中飄浮著。這會兒它正往潘德格斯的穀倉飄過去，撞上它兩次，然後就順著穀倉邊緣滑了下去。

結果，魔幻獸從陡斜、滑溜的山坡上正對著山下一座給乳牛遮蔭的棚架一路滾下去。這時，我們也看到兩個人從房子的側門衝出來，往穀倉那邊跑過去。魔幻獸果然撞上了牛棚架，於是只見草地上的乳牛被嚇得往四面八方逃竄。接著因為道路轉了個彎，視線被一個木柴堆給擋住，所以看不到後續的狀況。這時我便往查克的胸口戳了一下。

「嘿，走那條馬車道往栗子山去！」我大吼著：「它應該沒有足夠的浮力可以繼續飛越山谷了，所以很有可能會掉到山谷裡去，那樣我們也許可以把車子開到它前面，把它給載回來喔！」

當我們走在陡峭的山坡上那條彎彎曲曲又凹凸不平的馬車道時，坐在後車廂的其他人全都把頭探出帆布棚外。因為這時候，從山丘頂端傳來了兩聲槍響，而且有回音在山谷中迴盪著。

「在這兒停下來！」我對查克喊，於是他緊急地踩死煞車，轟轟理查也噗噗地慢慢安靜了下來。

我們全都下了車，爬過馬路邊的鐵絲圍籬，往牧場裡走進去。走了大約二十公尺，來到一大叢的刺柏矮樹邊，這時又聽到兩聲槍響，於是我們都把頭伸到刺柏樹叢的上面看過去。只見喬爾・潘德格斯上氣不接下氣地爬到山坡上來，每當魔幻獸飄進他的射擊範圍內時，他就開槍射它。他的老婆人還在山坡下，正在想辦法要爬上去，看看到底發生了什麼精采的事。她手上拿著一根大木棍，想要將後面的一隻荷蘭公牛給趕走。這隻公牛的前腳正用力抓耙著地面，鼻子也哼哼地噴著氣。而他們雇用的一個工人則不知所措地站在公牛的後方，想盡辦法要逃離現場，但似乎不知道該怎麼做。

我們又往前更靠近了一些，躲在矮樹叢後面，仍然不放棄拯救魔幻獸的希望，但是也知道如果魯莽地跑出去的話，很可能只會換來一陣亂槍掃射。所以我們只能無助地看著眼前的一切。眼看著喬爾．潘德格斯又開了兩槍，在魔幻獸身上打出了一個大洞，隨著「嗚滋～」的一聲，魔幻獸噴出了最後的一絲氦氣。於是曾經意氣風發的魔幻獸就這樣完全癱軟在地上了，我們幾乎可以聽見裡面的竹子支架啪地一聲斷裂了。

就在這時候，那隻荷蘭公牛抬起頭來，鼻子高高地舉向天空，哞地叫了一聲，意圖非常的明顯。它的腳又在地上抓了兩下，鼻子更是呼嚕嚕地噴著氣。下一瞬間，它已經低著頭往山坡上的魔幻獸衝過去，潘德格斯太太急忙跳了開來；而喬爾則在千鈞一髮之際，及時躲到一個花崗岩石堆後面，眼看著那隻重達六百多公斤的公牛頂著一雙堅硬的牛角，咻地從他身旁衝過去，一頭戳進那脆弱的防水棉布及竹子骨架裡頭。毋須懷疑，牠絕對是百分之百擊中了魔幻獸的要害！當我們一路往回走，爬過圍籬，回到卡車那兒時，那公牛都還一直在繞著魔幻獸打轉，不斷地對著它眼中的怪物噴氣、踢打，想盡辦法要把牠那深陷在飛碟內的一雙牛角給抽出來！

「簡直是亂七八糟嘛！」當我們穿過圍籬時，莫泰蒙說：「如果那隻公牛能夠稍微有點常識的話，牠應該知道，那個魔幻獸裡頭很可能滿滿地都是綠色的外星人，而且還可能攜帶著致命的光纖槍砲這一類的東西！」

「這就是『無知』帶來的傷害！」亨利說：「你是不可能愚弄一個真正的傻蛋的！」

就像往常一樣，每次遇到我們的實驗失敗時，丁奇就會噘著嘴碎碎唸，但是這一次顯得特別嚴重。因為他認定這艘飛碟魔幻獸是專為他一個人製作的，所以對它帶有很特別的私人情感。荷馬試著要安慰他，但是丁奇順手就把他推開了。

「噁！你好臭喔！」他說。

「我才沒有呢！」荷馬反對地說。

「對耶！你真的很難聞，」費迪說：「好像那八百年沒洗的臭鹹魚襪子乾！」

「我一定是踩到什麼鬼東西了。」荷馬試著在黑暗中檢查他的鞋子。

「呵！我想你八成是一屁股坐到了什麼！」莫泰蒙說：「反正，不管怎麼樣，你只能坐在腳踏板上了，你不可以到卡車的後座和我坐一起！」

「我也不要和你坐！」費迪說。

最後，荷馬就真的一路站在卡車門外的腳踏板上，而我們其他幾個則在轟轟理查的後座裡舒服地坐著，夢想著真正的飛碟以及想像中的公牛。

機智大對決

開戰了！這次可是不折不扣的正面大對決！因為瘋狂科學俱樂部所擁有的每一個秘密基地，竟然被哈蒙．摩頓那幫人給一個個侵略了。

一開始，他們似乎常常聚在印地安山上的會議廣場，開著他們所謂的秘密會議。當然，我們是一點都不在意，因為如果要監視他們的一舉一動的話，是再簡單不過了，只不過我們根本就沒把他們放在眼裡。接著，他們弄來了一大堆又俗氣又老套的魔術機關，把哈克尼斯莊園給佈置成鬼屋的樣子，以為可以嚇嚇大家。結果，別說被嚇到了，他們這麼幼稚的行為，害得我們差一點就要笑破了肚皮，而且鎮上也沒有人真的會以為那個地方鬧鬼！

「他們真是一群沒創意的模仿鸚鵡！」當他們開始做這些好笑的事情時，

丁奇・卜瑞嘲笑地說。

不過，他們竟然越來越囂張，使得我們不得不開始擔心。因為我們發現，不知道為了什麼，他們竟然把廢棄鋅礦場裡那些生鏽的手推車給推落，掉到鐵軌下方十幾公里深的河谷裡，也就是河道剛好轉個大彎的地方。最後，我們終於了解，原來這一切都是他們故意施放的煙霧彈，目的只是要藉此分散我們的焦點，混淆我們的視聽。因為在一個星期六早上，我們發現，他們竟然偷襲我們位在傑夫・克羅克家穀倉裡的俱樂部基地，而且還綁架了丁奇以及哈蒙的堂哥費迪・摩頓。

傑夫是第一個發現這件事的人。那時他要去穀倉，去繼續操作一個他和亨利・摩里根正在進行的化學實驗。那陣子，整個穀倉總是因為那個實驗而臭氣燻天。他並沒有發現所謂的擄人勒索信，不過倒還是有一個類似的東西——哈蒙在我們的錄音機裡錄下了一段話，然後將錄音機開關和開啟穀倉大門的電路聯在一起，而且把音量轉到最大。

如果想要進入我們俱樂部的基地，你必須先了解這套由亨利設計、相當複雜的門鎖啟動系統。首先，你得先知道光電感應系統安裝在哪裡，然後你必須用你的手阻隔光電光束，打出正確的密碼，門鎖就會自動打開。利用摩斯電碼，亨利可以組合出無限多的獨特密碼。但是那一個星期，我們的密碼卻剛好是最簡單的求救信號：「SOS」，以摩斯電碼的簡碼來表示是「…———…」。要表示「一橫」，你必須將你的手放在感應器之上足足約一秒鐘，而「一點」的話，則只需要用最快的速度將手橫掃過感應器上方。當你操作了正確密碼後，就會聽到卡鎖的地方發出喀啦的一聲，這時只要輕輕一推，門就開了。

但是當傑夫完成密碼啟動的程序之後，聽到的卻不是門鎖跳開的聲音，而是快要震破耳膜的大笑聲，那正是哈蒙留下的錄音。他說：

「喔呵呵呵！哈哈哈哈！如果想要知道丁奇和費迪的下落，你們就必須將迷你潛水艇以及秘密石洞的使用權讓給我們！親愛的朋友，趕快決定哦，因為費迪現在正要去的地方可是沒東西吃喔！把你們的回信放到紀念場砲台後面的大石頭下。」

原來門鎖早就已經被弄開了。於是傑夫一腳把門踢開，然後小心地迴轉錄音帶，反覆播放來聽。從這段話他可以確定，有兩件事是哈蒙不了解的。第一，自從長毛象瀑布上方的石壁鬆落坍塌後，那個石洞的入口就已經被封死了，唯一能進入石洞的方法，就是游泳潛水，從水面下的隧道進入。另一件事就是，不管到哪裡，不管是什麼時候，你一定可以在費迪身上搜出一兩個燻肉三明治！有一次，我們甚至看到他把三明治藏在鞋子裡呢！不用說，那鐵定是史上最扁的三明治，但是費迪才不介意，他只要有得吃，能補充熱量就好了！

傑夫在亨利的舊鋼琴椅上坐了好一會兒，一隻手托在下巴上，專心地想著。每變換一次坐姿，椅子腳就咿咿哦哦地叫，那聲音聽起來就像是有人掀開墳場裡的棺材蓋，恐怖到了極點！這時候，他總會在心裡默念著說，要記得告訴亨利，該給這個傢伙上點潤滑油了。

最後傑夫終於從椅子上站起來，按下緊急按鈕，啟動連線到我們每一個俱樂部成員家中的緊急通報系統。作為主席，傑夫有權利在不啟動緊急按鈕的情況下，隨時召開臨時會議；而我們其他人若想要召集臨時會議的話，就一定只能在緊急狀況下，且要先啟動緊急按鈕才行。不過這一次他認為情況非比尋常，一定要以最快的速度集合全部的人。

當瘋狂科學俱樂部的成員慌慌張張地跨上各自的腳踏車，往傑夫．克羅克家的穀倉騎去的時候，丁奇和費迪正站在草莓湖中某個不知名小島的岸邊，對著一艘正要離開的小船大聲罵著難聽的話。坐在船尾的哈蒙．摩頓和史東尼．馬汀則把拇指貼在鼻子上，對著岸上的兩個人示威，而在船首的巴茲．馬考利夫則快速地划著槳，往西北角的湖岸邊划過去。丁奇和費迪還是對著他們破口大罵個不停，一直到小船都遠離，消失在一公里半外的水中大石丘之後才停止。

「我們現在要怎麼辦？」當小船從他們的視線裡消失的時候，丁奇好像快要哭出來了。

「好啊，死哈蒙！你就不要給我逮到！」費迪碎念著，他那又短又胖的拳頭對著岸邊的方向顫抖著：「只要給我逮到機會，只要有一次機會就好，我一定把他的耳朵給扯下來！」

「我記得，你過去就有許多機會呀！」丁奇說。

「是嗎？好吧，我承認！那是因為我過去一直還沒準備好啊！」費迪嘟喃著說，一邊還來個迴旋側踢，用力踢起一顆小石頭，飛落到十公尺外的湖水裡去。「呵呵，我的天呀！」他聲音尖尖地冷笑著說：「等我好好修理他一頓，保證連黛芬都認不出他來！」

黛芬是哈蒙．摩頓的姊姊，長得還不賴，也比史東尼．馬汀的女朋友梅麗莎．布朗奇漂亮多了，因為梅麗莎是個大暴牙。

「真是太爽了！太爽了！」費迪嘴巴緊緊咬著，一邊喃喃自語地沉浸在自我的想像中，一邊高興地跑到岸邊，狠力地一腳踢向一顆大一點的石頭。不過，這回石頭可是仍在原地一動也沒動，而費迪則抱著他的右腳，在沙灘上用單腳跳個不停，而且呼天喊地像隻發瘋的公牛。

「拜託別再搞笑了，行不行？我們來認真地想一想，現在到底要怎麼辦？」丁奇不耐煩地說，然後一屁股砰地坐到沙地上，還故意擺出世界級經典雕塑「沉思者」的姿勢。「我們現在是名符其實的魯賓遜了，沒有人知道我們漂流在這個孤島上！」他用非常戲劇化的口吻說。

現在，他們離對面的湖岸少說也快有一公里那麼遠，雖然說費迪和丁奇兩個人都會游泳，但是都沒辦法游那麼遠。當然囉，費迪是可以靠著他肚子上那一圈肥油游泳圈，一路安全地浮在水面上，但是如果沒有人推他的話，他根本就不會動，只會浮在原地，那也是沒用！

「也許我們可以造一艘木筏。」丁奇開始思考。

「用啥來造啊？」費迪諷刺他說：「我們根本沒有斧頭，也沒有釘子，什麼都沒有耶！」

「如果有足夠的慧心巧思，我們還是有可能造出一艘木筏。」丁奇說。

「你說彗星……什麼啊？」

「我是說慧心巧思，笨蛋！」

「我沒聽說過可以用那個來造木筏的，那個東西可以浮在水面上嗎？」

「你笨肥豬！」丁奇輕蔑地說著，一邊往費迪頭上丟了一大把沙子。費迪也馬上回敬他，一大把沙子不偏不倚地擊中丁奇那剛好張得大大的嘴巴。

「好啊！你說我笨，那你就是個超級聰明印地安大專家囉！我想你的腦袋裡一定裝著許多了不起的發明吧，譬如說用樺木樹皮作成獨木舟啦等等，這一類神奇的東西呦！」

「我們現在連木筏都做不成了，怎麼可能造一艘獨木舟呢？」丁奇連珠炮似地吐他的槽，還一邊試著將卡在牙齒裡的沙子給吐出來：「有時候我真的很受不了你耶！」

「好嘛！總之我們不能永遠待在這兒啊！」費迪說：「很快就要到午餐時間了，到時候我可是得吃東西耶！」

「哇塞！」丁奇說：「你永遠就只會想到吃，是不是？我看啊，即使到了你入土為安的那一天，你還是會先從棺材裡頭爬起來，向人們要幾個三明治來吃吃吧！」

「起碼我不像你，瘦得像根竹竿，瘦皮猴一個！」費迪回答他說。

「算了，我們先在這小島上繞一圈看看吧！」丁奇說。

「也許我們可以找到一根能浮在水面的大樹幹，把它拖到湖裡。」

半個小時之後，他們回到原地，失望地坐在沙地上，因為他們已經非常肯定，這個小島上根本沒有可以拖走、又可以浮在水面上的東西。費迪脫掉他的鞋子，把腳指頭往沙子裡鑽進去。

「哇嗚，這樣感覺好多了。嘿！我們為什麼不生個營火，造成大濃煙？那樣就會有人看到，然後到這兒來救我們了！」

「白癡！」丁奇說。

「有什麼不對嗎？我曾經看過你在什麼東西也沒有的荒郊野外起過火啊，而且你也很懂得印地安人煙火信號那一套東西呀！」

「不會有人注意到什麼煙火信號的，」丁奇說：「因為本來就有人經常來這些小島上野餐，升營火是很平常的事，所以除非你讓整個小島都燒起來，否則是不會有人注意的。」

「那如果我們晚上來生個大火呢？說不定還是會有人注意到的。」

「我才不想在這兒待到晚上呢！」接著，丁奇突然跳了起來說：「我想到了！我想到了！」

丁奇從口袋裡拿出一個已經磨舊的皮製小袋子，然後鬆開袋口的束帶，把裡面的東西全都倒在地上。最先掉在沙地上的有三顆美麗的玻璃彈珠、兩顆鋼珠，以及一個迷你的紅色信號燈。他再把袋子抖一抖，又掉出來兩個魚鉤、一捲釣魚線、一個陸軍配給的開罐器，最後還有一個明亮的金屬物。金屬物上頭有個洞，看起來像一種哨子。

「那是什麼？」費迪問。

「這是犬笛。」

「你要用它來幹嘛？」

「我要來吹它啊！」丁奇說，而且就真的開始吹了。

費迪瞇起眼睛說：「我什麼也沒聽到，根本就沒有發出什麼聲音啊！」

「沒錯啊，你是聽不見的啦。」丁奇說：「但是狗就能聽得到，因為狗的聽覺非常敏銳！」

「喔，這樣啊！那我承認你很聰明啦，但是有一件事你恐怕是弄錯了，因為在這兒我可看不見半條狗的影子耶！」

「等一會兒，等著看吧你！」丁奇說完後，就一直繼續吹著那個笛子，直到費迪不得不認為他已經發瘋了。

這時，在鎮上的查克・波尼菲舊貨場裡頭，洋溢著週六上午該有的熱鬧氣氛，有許多週末放假的上班族，也有精明的二手貨商店老闆，都在這裡翻找著各自心目中的寶物。在波浪鐵皮屋簷下，查克舒服地躺在一張吊床上，抽著雪茄。他的棒球帽拉得很低，為了遮擋光線，帽沿幾乎都把眼睛蓋住了，只剩下一個縫隙，剛好可以看著他的德國牧羊犬——凱撒・比爾。查克不需要親自照看顧客，一切都由凱撒・比爾看管著，而查克只要看住凱撒・比爾就行了。

凱撒・比爾伸展著四肢，肚子平貼在地上，正在大太陽下享受日光浴。牠那長而尖的黑色鼻頭靠在前爪上，微微皺著眉頭上金黃色的細毛，而一雙銳利的褐色眼睛則骨碌碌地來回轉著，緊盯著場內所有兩隻腳的動物。所以說，舊貨場裡從沒發生拿了東西沒付錢就走人的事，每個顧客都一定會走到查克的吊床那兒去，和他殺個價，付過錢再走，或者是走過去說聲再見。

這一切看起來都和平常的星期六上午沒有兩樣，一直到查克發現凱撒・比爾的動作似乎頗不尋常。那隻狗原本一直趴在那兒，起碼有十五分鐘之久都沒有動過身上任何一條肌肉了。但是突然間，牠下顎粗糙的頰鬚往外翹起，直直地立在那兒，然後那一對大耳也豎了起來，轉到正面來。額頭上眉毛的地方皺得更深了，一副非常緊張的樣子，這時牠的頭從前爪上抬了起來，接著脖子一縮，竟然就像一發子彈似地衝了出去，連著幾個跳躍橫跨過舊貨場，最後一飛沖天似地高高躍起，飛過了兩公尺高的圍牆，衝進樹林裡去了。

查克吃驚地從吊床上坐了起來，使得吊床劇烈地搖晃著，接著他也就砰地一聲，剛好臉朝下摔到泥地上。他趕緊站了起來，用他那黑色的帽子拍掉褲子上的灰塵，啐地一聲，吐掉那差一點吞進去的雪茄菸屁股。

「牠是發什麼神經啊？」他一邊吐沫，一邊急切地說，耳邊傳來四周眾人一陣哈哈大笑的聲音。

「也許牠是突然記起來，有個重要的約會呢！」其中一個客人喊叫說。

「也許牠是聽到了靈犬萊西進城來了的聲音！」

「我敢說，牠一定是趕著要在理髮店關門以前去修修指甲！」另一個自作聰明的人說。

舊貨場的顧客不停地說了好多可笑的猜測，但根本無助於了解凱撒到底去了哪裡。於是體格魁梧的查克只好又躺回吊床去，然後又點燃了一根雪茄。

對於在小島上的丁奇和費迪而言，差不多只過了十五分鐘，就看到正對著小島的湖岸邊，有隻狗正走入水中。「來呀！凱撒，到這邊來！」丁奇像是要喊破喉嚨似地大聲喊叫，他的雙手還用力拍掌，盡可能發出最大的聲音。

「咦？那看起來好像是凱撒．比爾耶！」費迪高興地跳著。

「噎！好像每次作苦功夫的都是我，你都是撿現成便宜啊！」丁奇說：「不然，你以為我剛剛吹那個犬笛是吃飽沒事幹嗎？」

很快地，凱撒．比爾已經游上了岸，四肢大剌剌地分開站著，用力左右搖晃，往兩邊甩出身上的水，水珠飛濺了幾乎有六、七公尺遠呢！然後牠便往丁奇身上跳過去，用後腳站起，前腳趴在丁奇的胸口上。丁奇揉了揉牠的耳朵，親了親牠的黑色鼻尖。

「好孩子，你好乖哦，我好高興看到你哦！」他說。

凱撒繞著丁奇轉了兩圈，然後就安靜地將肚子貼到沙地上，舌頭伸到嘴巴外面來，歪歪地垂在左邊，躺在那兒喘著大氣。

「我得承認，你用犬笛這一招還真不是蓋的，」費迪說：「但是我們再來要怎麼辦呢？這下可好了，我們果然和魯賓遜一樣不寂寞，因為這兒我們也有了一隻狗來作伴。」

「我可不是白白叫牠來這兒和我們作伴玩樂的！」丁奇說。

「是哦，那我們到底要怎麼做？騎在牠的背上，然後游回對岸嗎？」

「當然不是！牠是要來幫我們當信差，帶訊息回去的。」

「好辦法！那我想你身上一定也有紙和筆囉！」

丁奇有點不好意思地愣了一下，「沒有，我沒有筆！」他承認說：「但是如果你可以把你的小刀借給我，那我就可以在樹皮上刻字了。」

「哈哈，你又錯了，」費迪說：「我沒有小刀。」

「你是說，你一路到這裡來，竟然沒有帶著你的小刀？」

「我又不知道我們會來到這裡！」費迪駁斥他說：「這倒奇怪了，那你自己的小刀呢？」

「不關你的事！」丁奇說，然後往水邊踢了好幾顆小石頭。費迪在一棵小楓樹的樹蔭底下發現一塊扁平的大石頭，他舒服地坐了上去，然後從襯衫裡面拿出了一個燻肉三明治。當他唏唏疏疏撥開包在外面的蠟紙時，丁奇聽到了聲音，轉過身來用手指著他。

「那正是我們所需要的！」丁奇喊叫。

「你是什麼意思，你是說這一張蠟紙嗎？」

「不是，我是指這整個三明治，蠟紙和全部的東西！」

「才不行呢，如果想要吃午餐，你就得自己帶來。」

「我才不是要吃午餐呢！」丁奇說：「我們可以利用這個三明治來送出我們的信號。」

「你腦袋是裝漿糊喔！」

「嘿，你聽著，我們可以讓凱撒帶走這個三明治，那查克一定會發現這是你的三明治，然後就會來找我們了！」

「現在我才知道，原來你是個真正的豬頭！」費迪又咬了三明治一口：

「這頭毛茸茸的大傢伙在游到對岸以前，鐵定會一口把三明治給吞下去的！」

「如果我們把三明治綁在牠的脖子上，牠就吃不到了啊！」丁奇回答。

「這樣做風險太大了，」費迪又咬了一口三明治：「更何況，我還是需要吃午餐啊！」

「口口聲聲都是你和你的午餐。」丁奇被他激怒了，他生氣地說：「你到底要選哪一個？一個死掉的大胖子，還是一個活命的瘦小子，哪一個？」

「這我得想一想！」費迪伸出舌頭，舔乾淨嘴唇上的芥末醬。

「快把三明治給我！」丁奇大聲命令，然後充滿怒氣地往費迪身上撲過去，並且伸直了拳頭重擊費迪的胸口。但是體重只有三十公斤出頭的丁奇，馬上就被費迪身上的肥肉給彈到三公尺外去了。丁奇四腳朝天跌倒在沙地上，但是馬上就站了起來，他手中抓著一把沙子，往費迪的臉上丟過去。費迪也不甘示弱地抓起了一大把沙子，做勢要丟出去的樣子，不過手卻在半空中停住了。因為他發現凱撒·比爾正瞪著他看，還發出了帶有威脅意味的低吼聲。

費迪的腳往後挪了一步，把吃了一半的三明治高舉到頭頂上，不過凱撒·

比爾也隨著他往前踏進了一步，而且豎起了背上的毛。

「走開！」費迪凶狠地叫喊，但是他的聲音是顫抖的。而凱撒．比爾卻翹起嘴，對著他又吠了一聲，且又往前走近了一步。

「叫牠走開，叫牠走開！」費迪哀求說。

「你先把那個三明治給我！」

「好啦，好啦！你來拿去呀，快點啦！」

丁奇走到他們之間，然後從費迪手上把三明治給拿走了，這時凱撒．比爾也放鬆下來。當丁奇跑到水岸邊去撿剛才費迪丟掉的蠟紙時，凱撒也跟著丁奇小跑步，輕快地搖著尾巴。

「現在把你的鞋帶給我！」丁奇一邊說，一邊拆下自己的鞋帶。

「要做什麼？」費迪難過地說。

「那樣我才能將這個三明治綁在凱撒的脖子上啊！」

「那怎麼不用你袋子裡的那綑釣魚線呢？用那個不就好了！」

「我們也許還需要用那個來釣魚也說不定呢！」丁奇說：「現在快給我你

的鞋帶吧！」

「釣你個頭啦！」費迪嘲笑說。

丁奇的手指彈了兩下，凱撒．比爾就小跑步過去，四肢豎直戒備似地站到費迪前面。

「好啦，我輸給你了啦！」費迪嘟噥著說：「把你這個吃人怪物叫走啦！」然後他就開始鬆開他的鞋帶。

丁奇小心地把剩下的三明治包好，用鞋帶在蠟紙上纏繞兩圈，然後牢固地綁在凱撒．比爾的脖子上。

「好孩子，回家，回家去吧！」丁奇命令凱撒，手掌用力拍了一下牠的背。凱撒．比爾走進水裡，但是卻又回過頭來，皺起眉頭望著他們。

「去吧，乖孩子！」丁奇拍一下手掌，又喊了一次：「回去！」於是凱撒往水裡跳了進去，激起一陣水流波動，然後慢慢往對岸那邊直直地游過去。除了牠那黑色的鼻尖，一雙往後仰的耳朵，以及一個燻肉三明治以外，水面上就看不到什麼東西了。「回去吧，乖孩子快回去！」丁奇又喊叫，又拍手。

「嘿，走吧！我的老天啊，拜託你趕快走吧！」費迪也喊著，還往水裡丟了一截樹枝。樹枝噗通一聲，掉到離岸邊大約有三公尺遠的地方。然後他坐下來，竟然從襯衫裡頭又拿出了一個燻肉三明治，開始吃了起來。

這時候，在傑夫．克羅克家穀倉內，我們其他幾個人都圍在牆上的大地圖邊。傑夫和亨利正在規劃搜救路線，嘗試將哈蒙那幫人藏匿丁奇和費迪的可能地點都涵蓋進去。但是關於要如何執行搜救，我們卻有許多不同的意見。莫泰蒙．達倫坡的建議是說，我們乾脆就直接到伊根小巷去，給哈蒙的俱樂部基地來個正面攻擊不就好了，但是他的提議以二比三被否決了。我是贊成莫泰蒙的，但荷馬．斯諾格和傑夫、亨利卻同一陣線，認為俱樂部基地太明顯了，哈蒙不會將他們倆藏在那兒的。莫泰蒙是屬於行動派的，凡事先做再說，而荷馬總是喜歡在事前多花一點時間，把狀況想清楚一點。

「也許他們有帶無線電接收器，」我提議說：「我們應該監聽我們的無線電才對。」

傑夫搖了搖頭，「就算他們有帶，但我可以百分之百確定，哈蒙還不至於笨到沒有把它給拿走。」他肯定地說。

就在這個時候，我們對講機的鈴聲響了，是查克．波尼菲的呼叫。當亨利接起話筒時，聽到他這樣說：「我要找費迪！」

「費迪現在不在這兒，而且我們也不知道他在哪兒。」亨利解釋說：「你有看到他嗎？」

「沒有，但我想凱撒．比爾看到他了！」

「你是什麼意思？」

「喔，是這樣的，這隻大狗啊，大約在一個小時以前突然急忙地跑出去，我根本就來不及阻擋牠。牠現在剛回來，全身濕答答的，而且還有一個燻肉三明治綁在牠的脖子上。我覺得，那看起來好像是費迪的三明治，我們都知道燻肉是他的最愛呀。」

「那是哪一種麵包？」

「是黑裸麥麵包，有很多的黑色穀物在裡頭。」

「不會錯，那一定是費迪的三明治。我的天呀！查克，你可是幫了我們一個大忙呦，省了我們不少功夫呢，我們會在十分鐘內趕到你那兒去。」

「歡迎啊！但是，是不是費迪出了什麼事呀？」

亨利故意忽略他的問題：「對了！查克，你說三明治是綁在凱撒．比爾的脖子上，是嗎？」

「是啊！」

「那是用什麼東西綁的？」

「看起來像是舊鞋帶的樣子。」

「請把這些都留著不要動，我們會以最快的速度趕到你那兒去。」

不到十分鐘之後，我們已經全都來到查克的舊貨場，那兒看起來一切正常，就像平常做生意的樣子。只有凱撒．比爾顯得很不平靜，不像平常那樣安靜地躺在太陽下，牠很不安地上下跳著，每當查克走到牠旁邊的時候，牠就會用鼻尖摩擦著他的褲子。我們看了那個三明治，而那真的是費迪的沒錯。

「讓我來看看那些鞋帶！」亨利說。查克從他的口袋裡拿出來，然後亨利仔細地檢查著。

「看來是被你說對了，」傑夫的眼神跨過亨利的肩膀，望著我說：「他們真的發出信號來了！」

很明顯的，這些鞋帶上打了一連串的繩結，有些是雙結，有些則是單結。亨利把鞋帶拉直平放在地上，他和傑夫試著辨識這些記號，然後把解出來的字母畫在泥地上。

「這是摩斯電碼，」亨利對查克解釋：「雙結代表一橫，單結則代表一點。」

傑夫已經在地上畫出了三個字母——ISL。「你確定這是費迪的字跡嗎？」莫泰蒙故意嘲笑說。

「不！比較像丁奇的，」傑夫馬上反擊說：「費迪打的結比較鬆。」當亨利解出最後一個字母時，泥地上的字母便成了「ISLAND——島」這個字。

「他們一定是在某個小島上！」荷馬說。

「好棒的推論喔，斯諾格，好厲害喔！」莫泰蒙酸溜溜地說。

「嗯，唯一的問題就是，在哪裡？」傑夫下結論說：「在哪一個小島？」

「也許是草莓湖上的。」我胡亂猜測。

「但是，大河上也有許多小島啊，我們要怎麼找遍每一個呢？」荷馬說。

「我們不必找遍每一座小島！」亨利又是他那一貫冷靜、實事求是的口吻：「眼前就已經有答案了！」

「呵呵，」莫泰蒙說：「我們偉大的摩里根又要發揮他變魔術的本領了，快給我們一個神奇的答案吧！」

「這裡頭一點神奇也沒有，」亨利手指著凱撒．比爾說：「凱撒．比爾知道他們在哪一個小島上，我們只要跟著牠走就可以了。」

於是我們真的這樣做了。查克拿著燻肉三明治在凱撒的鼻子前晃一晃說：「好孩子，去吧！去找他們！」然後牠就一溜煙跑出去了。傑夫和我的工作就是跟在牠的屁股後頭跑，因為我們兩個算是很會跑的人，而其他人則很好命地坐在查克的老爺卡車「轟轟理查」上頭。我必須跑得像風一樣快，才能保持與凱撒．比爾之間的距離，不讓牠離開我的視線內。傑夫長得比我高大，其實沒辦法跑得太快，所以他只能盡全力地跟在我後面，扮演著無線電傳輸中繼站的角色，隨時和查克卡車上的人保持聯繫，好讓他們知道我們往哪裡跑去。其實我們的雙向無線電功能還不錯，但是你永遠不會知道，什麼時候會遇到小山丘，或是茂密的樹叢，或是任何不明的電波干擾阻擋訊號的傳送，所以最保險的做法還是盡可能地要有一個人作為中繼站，以確保訊號的傳遞不會有漏失。

而事實也證明，我們這樣周全的設計果然派上用場，因為凱撒．比爾帶領我穿越了各種你所能想像到的地形。我們一路經過了沼澤、樹林、大水溝等，最後凱撒甚至直接躍過一個小山溝呢！每次如果遇到了什麼明顯的地標物體，例如一個小土丘、一棵大樹、一個石堆，或是一個舊得快要垮下來的綿羊棚，我就會停下幾秒鐘，氣喘吁吁地透過無線電對傑夫喊出我前進的方向。因為我實在跑得太喘了，上氣不接下氣，所以他會聽不清楚我說的話，有時還要我重複說上個三、四次，把我惹得很不耐煩，所以我便對著無線電罵出一些我實在不應該說的話。儘管如此，我們還是能夠一路保持清楚的溝通，傑夫也順利地一直跟在我的後頭，而查克則駕馭著轟轟理查，憑著他對那附近蜿蜒小路的熟悉記憶，在少為人知的產業道路上快速前進，以便盡可能地接近我們。

到了湖邊，凱撒·比爾不斷地跳過堆積在岸邊的一堆又一堆的大石塊，以及斷落的樹幹，一直來到一個小沙灘中間的地方才停下來。牠安靜地作出嚮導犬的動作，口鼻朝前定住不動好一會兒，一隻前腳往上蜷起放在胸前，而牠那黑色的鼻子則對著空中不斷噴氣，發出嘶嘶的聲音，朝向前方一個岩石小島望著。然後牠眺望著前方的小島，在沙灘上前後跳躍著，動作就像是腳部僵硬、不靈活的慢跑者，然後又跑回到我這邊來。接著牠又跑到水邊，兩隻前腳都探入水中拍打著，揚起很大的水花。就這樣，一系列的動作重複了好幾回合。

我馬上就懂了牠的意思！牠是要我和牠一起從這裡游過去那個小島。但是，這時候我實在已經累得喘不過氣，無法往前再多挪動一步了。我往大腿用力拍了一下，呼叫牠過來，然後拍拍牠的背，揉揉牠的脖子。接著我雙腿一軟，砰地一聲坐到沙地上，用無線電呼叫傑夫。

「嘿，傑夫，我想我們已經找到那個小島了！」我喘著氣，直截了當地說，根本就顧不了那些原本應該遵守的無線電通話形式。「收到！我聽見了，綠軍請待命。以上通話完畢。」傑夫有模有樣地回答我。有時候他就是這麼做作，真讓人受不了。

過了幾分鐘，當他和亨利聯絡過之後，又緊急呼叫我說：「這裡是紅軍，請你現在從沙灘撤退，躲起來不要被人發現。」

「躲起來！這是怎麼回事，我們不是要去解救丁奇和費迪嗎？」

「這裡是紅軍，你已經接到命令了，綠軍，快按照指示去做，而且把你的信差也帶去躲起來。另外，你也該複習一下你的無線電通話術語了，你這樣可能會洩漏重要的機密，這個無線電網路可不是絕對安全的，通話完畢，退出。」

經過了剛剛那一段沒命似的長途快跑，他的話聽起來可真刺耳，我就像是臉上被人狠狠地潑了一盆洗腳水一樣。我按下手機上的通話鈕，然後不疾不徐地，狠狠罵出一連串不爽的話：「去去去去你的鬼術語啦，這樣說算不算是洩漏重要資訊啊？嗯，親愛的紅色大草莓兄弟啊，你聽見了嗎？」我大聲鬼叫：「這裡是綠色小可愛蘋果，結束，退出！」然後我就把我的無線電給關掉了。

不過我還是夠清醒，明白最好不要違抗亨利的指示。雖然說有時候亨利的舉動的確是有些神秘，讓人摸不著頭緒，但是可以肯定的是，他心裡永遠都很清楚他在幹什麼。所以我把凱撒·比爾從岸邊叫了回來，然後一起爬到後面的陡坡上，躲在樹林裡。我們安靜地等著，感覺像是過了一個小時那麼久！但實際上只過了十五分鐘而已，我便聽到石塊從樹林裡墜落，滾到湖裡去的聲音，好像是來自我們左手邊約三十公尺遠的地方。凱撒·比爾把腳直立起來，從牠的喉嚨發出很劇烈的咕嚕聲。我抱住牠，雙手環繞在牠脖子上，在牠耳邊小聲說話、安撫著。此刻牠身上的每一塊肌肉都是緊繃著的，而且在我的懷抱中，我可以感覺到牠身上因為緊張戒備而產生的顫抖。突然間，牠竟整個放鬆了下來，而我則看見亨利和傑夫兩個人正在沙灘那一頭的石堆上爬著。他們盡量沿著樹林邊走，在穿過了大石頭堆的阻擋之後，便藏身在樹蔭下，敏捷地蹲著半身，往我和凱撒這邊靠過來，一副深怕被人家跟蹤似的。

「你們是瘋了嗎，還是怎樣？」我問：「神秘兮兮的，搞得像是突擊隊進攻似的，到底是為了什麼？」

「亨利認為，如果費迪和丁奇就在那個島上，哈蒙一定會派人留守，監視他們。」傑夫解釋道：「而我們可不想讓他們知道，我們現在的進展呢！」

「為什麼不呢？難道這是在打仗嗎，還是什麼的？」

「沒錯，你可以這樣說，」亨利氣喘吁吁地說，他還在調整自己的呼吸。終於，他好不容易吐了一大口氣說：「而且我們一定要給哈蒙那幫人一點教訓才行！」

接著，我乾坐在一旁，看著亨利和傑夫把一個塑膠袋綁到凱撒．比爾的脖子上。袋子裡頭有一個我們的雙向無線電通話器、一個平常用來追蹤小鳥或小動物的迷你發報器、一捲膠帶、一把小刀、火柴，還有一張紙條。紙條上告訴丁奇，要想辦法把迷你發報器黏到他那蓬鬆像支拖把的頭髮裡面，這樣一來，不管哈蒙把他們帶到哪裡，我們都可以隨時知道他們的行蹤。而如果哈蒙那幫人真的再回到島上的話，那他們就要在島上找個地方，把無線電給藏起來。同時，要他們先待在原地不動。如果今晚他們還是在那兒的話，那麼等天黑了之後，我們就會送吃的東西和毯子過去。

「我敢打賭，費迪一定會餓得受不了的！在我們送東西過去之前，他八成就會冒著生命危險，游泳過來了！」我說。
「你說的可能沒錯！」亨利回答：「不過這樣也沒什麼不好，剛好可以實驗食物到底對他有多重要，了解他的愛吃到了什麼程度呀！」好一個全心全意的科學家啊！對亨利來說，生活裡的每一件事似乎都像是在作實驗。
當塑膠袋綁牢之後，我的手指著小島的方向，對著凱撒．比爾說：「去吧！」這正是牠期盼了很久的命令。牠聽到命令後，猛然地衝下斜坡，咚地一聲跳進水裡去了。這時只剩下那顆平滑黑色的頭顱，以及兩隻高高翹著的耳朵浮在水面上，一路游往小島那兒去。
果然被亨利料中了，凱撒．比爾還游不到一半時，我們就看到有兩個人划著一艘小船從南岸那邊划出來，傑夫馬上拿出他的望遠鏡對著小船看去。
「那是巴茲．馬考利夫和喬．透納，」他說：「我猜他們是要去巡視的。」
他們的確是往小島的方向過去，但是凱撒．比爾一定會比他們先到的。所以我們決定先待在原地，看看會發生什麼事。不過我們很快就看不到什麼了，因為凱撒．比爾和那艘小船都先後往小島的另一頭繞了過去，從我們的視線裡消失。然而過不了幾分鐘，我們就看到那艘船已經折回來了，所以傑夫又趕緊拿起望遠鏡對著小船看去。

「喔喔，現在是什麼情形啊？」他思索地說著：「船上還是有兩個人，但是凱撒・比爾也坐在那艘船上！嘿，那是費迪和丁奇呢，到底是怎麼回事？」

幾分鐘之後，費迪和丁奇把船停靠到我們下方的石頭堆附近，兩個人笑得頭都要掉了似的，然後說出了事情的經過。當巴茲・馬考利夫和喬・透納划著小船靠近小島岸邊時，費迪和丁奇正坐在沙灘旁的樹蔭下讀著亨利的字條，而凱撒・比爾則快速跑到水岸邊，全身的毛都豎立起來，露出銳利的牙齒。

「怎麼會有隻狗在這裡？」巴茲大喊。

「牠住在這兒的。」丁奇也大喊說。

「牠會不會咬人？」

「你幹嘛不親自過來？試看看不就知道了啊！」

喬把船往前更靠近了一點，而巴茲則在船上站了起來，一副要往沙灘上跳過來的樣子。結果他根本不敢，只是做做樣子而已。那時候，小船離岸邊大約還有三公尺遠哪！而這時，凱撒．比爾卻出奇不意地跳了起來，往巴茲身上衝過去，使得巴茲往後跌個倒栽蔥，雙手慌亂地在水裡划弄，揚起好大的水花。而且由於凱撒．比爾在船上不停地衝撞，最後撞上喬的後背，濕答答的鼻子剛好順著喬的脖子後面滑了下去。喬嚇了一大跳，根本就沒有轉身弄清楚是怎麼回事，馬上就往船尾的地方跳下去，趕著逃命去了。而他這麼一跳，就剛好讓船往岸上靠了過去。凱撒．比爾成功地佔領了小船，而且牠的嘴巴上還叼著一小塊喬的上衣碎片呢！

丁奇從項圈的地方抓住凱撒．比爾，把船拉上岸。接著他和費迪爬上船，由費迪划槳，丁奇則站在船首的地方，手裡緊緊抓住不斷吠叫的凱撒．比爾。

「我們是過來要帶你們回去的！」巴茲站在水深及腰的地方，嘴裡邊吐水邊說。

「把你這些話留著說給水鬼聽吧！」費迪得意地說。

「謝謝你們的好意，但我們自己有辦法可以回去了！」丁奇接著說。

費迪和丁奇一直大聲喊著各種諷刺的話，而且還大笑個不停，直到小船繞到小島的另一頭為止。

當丁奇說完了以上這些過程之後，我們就把小船拖上岸來，搬到樹林中，藏在兩個大石塊中間，用許多樹枝雜草覆蓋住，然後我們便全員撤退，回到一直在附近等著我們的查克的卡車那兒去。

我們全都直接回到俱樂部基地去。亨利一屁股坐上他的鋼琴椅，接下來的十五分鐘之內，他就只是光坐在那兒，翹起椅子的前腳，背靠著牆壁，眼睛瞪著屋頂上的橫樑；而我們其他幾個就在穀倉地上玩起了擲刀遊戲。凱撒．比爾則肚子貼在地上，四肢舒展開來，趴在門口，啃著一根從克羅克太太廚房拿來的大骨頭。莫泰蒙是擲刀遊戲的冠軍高手，但是這一天我卻已經贏了他三次。

這時，剛好聽見亨利的椅子前腳碰觸到地面的聲音，於是我們每個人都轉過頭去，看看這個金頭腦這會兒又有什麼好點子了。但是我們等了好一會兒，亨利還是什麼也沒說，只是坐在那兒，擦著他的眼鏡。等到他總算將眼鏡再戴回去時，卻依然眼神空洞地望著，好像根本忘記了我們的存在。

「哈囉，大人物！那我們現在要怎麼做呀？」我問他。

「我們得回個訊息給哈蒙，」他回答：「而且，查理，就由你去執行吧！」

「我們要怎麼回覆他們？」

「這回鐵定要把他們嚇得屁滾尿流。」亨利說：「至少，我要哈蒙自動送上門來，任我宰割。我要讓他自己漂漂亮亮地掉進來！」

「掉進什麼？」我問。

「先別問！」亨利說：「總之，今天早上他們綁架費迪和丁奇，還故意讓大門的鎖開著，這絕對不只是單一的意外事件而已。」

亨利寫了一張紙條，好讓我拿去紀念場。紙條上頭寫著：

如果費迪和丁奇沒有在四點以前回到我們俱樂部基地的話，那我們就會向警方報告他們失蹤了。感謝你在錄音帶上留下你的聲音！

摩里根留

「那我們幹嘛不一開始就向警方報案呢？」荷馬問。

「你知道我不會做那種事，」亨利回答：「那樣就一點趣味都沒有了，而且哈蒙現在還完全被我們蒙在鼓裡呢！」

接著亨利把費迪和丁奇拉到一旁，給了他們一些神秘的指示，要他們馬上出發去做，而且還要他們帶著凱撒一起去。荷馬和我則騎上我們的腳踏車，往紀念場騎去，然後將亨利的紙條放到舊砲台後面的大石頭下。之後，我們往下坡的小路騎一小段，然後把腳踏車藏起來，再從樹叢中繞了回去，在佇立大砲和雕像的空地旁的矮樹叢後面躲著。不一會兒，我們就看到史畢迪·布朗從一棵大橡樹上頭，像隻長臂猿地爬了下來。他是哈蒙那幫人當中，最會爬樹的一個。他從石頭下拿出了紙條，讀了一遍，然後塞到他的口袋裡去。接著便從樹叢中推出他的腳踏車，快速地往山下騎走了。

當我們把情形透過無線電告訴亨利之後，他說：「我敢肯定，他一定是回哈蒙的俱樂部基地，不過我們已經有人在那邊監視了。所以你們現在就趕到湖邊去，看看他們是不是會在那兒出現，因為他們並不知道小島上發生的每件事，所以一定還以為巴茲和喬還在那兒監視呢。」

這個下午對哈蒙來說，應該是好戲連連吧！亨利的字條一定是嚇到他了，因為大約三十分鐘之後，他和史東尼·馬汀就出現在湖邊了。哈蒙看起來有點擔心的樣子，他不斷地看著手錶，然後一邊在樹林及矮樹叢之間到處呼喊著巴茲和喬的名字。

「咦！這裡有他們的無線電，還有午餐盒！」史東尼喊叫：「那他們一定是在這附近，不會走遠的。」

「我早就告訴過這些豬頭，一定要隨時帶著無線電的。」哈蒙氣得大聲叫：「怪不得我們用無線電都得不到他們的回答。」

「你知道嗎？」史東尼說。

「知道什麼啊？」哈蒙說。

「我沒看到我們的小船耶！」

「你知道嗎？」

「知道什麼？」

「我也沒有看見耶！」哈蒙沒好氣地說。

他們兩個同時走到湖邊，雙手插在褲子後面的口袋，拉長了脖子張望著，看看能不能找到船的蹤跡。

「我敢說，那兩個傻蛋一定是到那島上，和另外那兩個小鬼聊天打屁去了。」哈蒙說。

「如果他們真的敢這樣做，那就非得好好修理他們一番！」史東尼說。

哈蒙把雙手圍成一圈放在嘴巴上，然後用他最大的音量喊叫著。結果只有回音從湖的另一端傳了回來，除此之外沒有聽到別的聲音。接著史東尼也試了一次。看得出來，哈蒙越來越生氣了。他們持續喊了一陣子，都快把喉嚨給喊破了。

終於，小島上出現了兩個人影，高舉著手揮舞著。哈蒙也舉起他的手，上下比畫著划船的動作。但在小島上的那兩個人則用力搖頭，依舊揮舞著雙手。

「這兩個呆瓜到底在幹什麼，幹麼那樣揮著手？」

「我想他們是有話要告訴你。」史東尼說。

「很好，馬丁，算你有腦筋！」哈蒙說：「那現在把你的上衣給我。」

哈蒙也脫下了自己的上衣，開始用這兩件衣服對著小島的方向，比畫著旗語，發送信號。很快地，巴茲和喬也脫下他們的上衣，打出旗語回答。

「他們說，他們沒有船了，要我們去接他們回來。」哈蒙沒好氣地說。

「那船哪裡去了啊？」史東尼問。

「我怎麼知道啊，豬頭！等我們把他們弄過來之後，不就知道了。」

「對喔！」史東尼說，「那我們是不是要先把鞋子脫下來？這樣走過去救他們的話，鞋子才不會弄濕哦！」

「聽著，都什麼時候了，你還搞笑。我們要趕快弄清楚到底發生了什麼事，」哈蒙說：「而且，還得把那兩個傢伙給弄回來，現在拜託你動動腦筋好不好？」

「那邊那個老樹幹怎麼樣？我們可以把它拉到水裡，然後扶著它一路游到小島那邊。」

「好辦法！」哈蒙說：「我來幫你推。」

「感恩哪！」史東尼說。

看著他們兩個一邊碎碎唸，一邊吃力地推動那一根大樹幹時，躲在樹叢後的我和荷馬都快要忍不住笑出來了。當他們終於將樹幹給拖到水裡去後，史東尼就把身上的衣服都脫掉，只剩一件內褲，然後走進水裡去扶著那根樹幹。

「快一點吧，把你的衣服脫掉！」他對著哈蒙催促：「一直在趕時間的人是你耶！」

「聽著，豬頭！總得要有人守在這兒，顧著你的衣服吧。你趕快游過去，我們時間不多了！」

史東尼走在水裡濺起一些水花，然後抓住樹幹的一頭，開始用力地踢水。浮在水面的大樹幹移動得很慢，史東尼控制著它往小島前進，花了十五分鐘以上的時間才到達小島。然後又花了差不多的時間，連同巴茲和喬一起扶著樹幹，踢著水游回來。他們兩人的衣服和鞋子都堆放在樹幹的上面，哈蒙在岸邊不停地來回踱步，用力折著手指關節，而且每兩分鐘就看一次錶。

等不及他們上岸，哈蒙就開口質問：「好啊，你們兩個傻蛋到底在那邊幹什麼？」

巴茲一邊說明費迪和丁奇搶奪小船的過程，還一邊上上下下地跳著，想要抖掉身上的水滴，好穿上衣服。

「你們可真能幹呀！成事不足，敗事有餘！」哈蒙苦惱地說：「早知道就不該讓兩個笨瓜來處理這件事，怎麼會讓那兩個臭小子把船給搶走了呢？」

「不是他們兩個人，是一隻大狗！」喬爭辯說：「牠真的是隻怪獸！你看，牠還把我的衣服給咬去一半呢！」

「哎喲！」巴茲往空中跳了大約有一公尺那樣高，而一隻手則往屁股的褲子上拍了下去，說：「有東西在咬我！」

「那是一定的囉！」哈蒙一邊說，還一邊往後退，遠離他。「你的褲子裡有一群大隻的紅螞蟻正在游泳呢。剛剛你推到水裡去的那根樹幹上，滿滿地住了一大堆呢！」

「那是火蟻！」喬說：「哎喲，我也被咬了！」

「我知道了，」史東尼・馬汀喊著說：「因為浸水的緣故，所以牠們都從樹幹內跑出來了。你早就看出來了，所以剛剛才不願意和我一起推著那樹幹到小島去的，對吧？」

「你閉嘴！」哈蒙說：「這裡總要有個會動腦筋的人吧！現在全都回到俱

樂部基地去吧，我們必須要弄清楚那兩個小鬼跑哪兒去了。」

哈蒙和他的人一同爬上了山坡，騎上他們的腳踏車。此時巴茲和喬騎在最前面，看起來就像是兩個衣衫襤褸的傳教士。於是，我打開無線電，向亨利報告這一切。

「很好，」亨利說：「費迪和丁奇正從布萊斯德家的穀倉裡，往外監視著他們的俱樂部基地，你先跟蹤哈蒙他們，一直到你完全確定他們是回那個地方為止。在那之後，你們就可以直接去貨櫃場了，那邊也許還需要你們的幫忙，但是記得要隱藏行蹤喔，除非是我有其他指示。」

「遵命照辦，完畢，退出。」我說。然後我和荷馬立刻站起來爬上山坡，跟在哈蒙那些人後頭走了。

稍後，當哈蒙那幾個人騎著腳踏車來到伊根小巷時，費迪和丁奇正在布萊斯德家的穀倉，從那佈滿灰塵的窗戶往外偷看出去。這個穀倉靠近巷子尾端，而他們的俱樂部基地則是史東尼．馬汀家的車庫，位置比較靠近巷子口。當哈蒙停下腳踏車，正要跨下來的時候，丁奇也悄悄地把穀倉的門打開一點點，然後在凱撒．比爾的耳邊，小聲地說了一些話。

「凱撒，去找你的大骨頭吧！快去！」然後他非常有技巧地拍了一下牠後腿臀部的地方。

於是，凱撒．比爾馬上衝出門，往巷子口跑出去。牠的速度之快，害得喬差一點閃避不及；他在閃躲之間緊急扭轉了腳踏車的手把方向，結果整個人四腳朝天地摔在泥地上。

「就是那隻狗，就是牠！」他對著往外直衝的狗大叫著。

「對耶，沒錯！」巴茲手指著前方揚起的一團灰塵，也喊叫著：「在小島上的就是那條狗，跟著牠！跟著牠！我趕打賭，牠一定知道胖費迪和他的朋友在哪裡！」

「那牠剛剛是從哪裡冒出來的？」

「我不知道，牠就是從巷子裡跑出來的呀！」喬喘著氣說：「但那時就是牠和費迪，還有那個瘦皮猴在一起的。我敢說，牠現在一定是在追著他們兩個人，我們去追牠吧！」

「好啦，好啦！」哈蒙下命令般地說：「你們兩個進去和史畢迪留守俱樂部就好了，史東尼和我會處理這件事的。」於是哈蒙又騎上他的腳踏車，一刻也不耽誤地騎上這條坑坑洞洞的石子路，史東尼也跟在他後面騎了出去。

他們根本不知道會往什麼地方去，但是凱撒·比爾卻很清楚牠自己要去哪裡。當他們轉了個彎，看見那隻狗的時候，牠正快速地跑進通往火車貨櫃場的鐵路巷。那條巷子一路都是下坡，所以他們認為，可以在牠跑到巷子底的貨櫃場以前，就追上牠。不過到了巷子底的時候，凱撒毫不費力地就躍過圍牆繼續前進了，所以哈蒙和史東尼只好放下腳踏車，爬過圍牆繼續跟著牠。然而，這時候要跟上凱撒·比爾，可不是件簡單的事囉。因為凱撒·比爾根本不在貨櫃車與貨櫃車之間的通道上跑，而是直接從貨櫃車底下鑽過去。因為，牠很清楚牠的大骨頭藏在哪裡，所以能夠用牠敏銳的嗅覺，在這迷宮似的貨櫃場裡認出路來。而且牠像是在與人進行比賽，絲毫不肯減慢速度。哈蒙和史東尼非常努力地要跟上牠，但不是頭去撞到貨櫃車的連結桿，就是小腿給鋼軌刮到。

最後，凱撒·比爾跳過一條介於兩條軌道之間的通道，一腳跳進一個門開著的紅色貨櫃裡去。哈蒙和史東尼大約在二十秒鐘後也上氣不接下氣地趕到，然後想都沒想地就跟著牠爬了進去。他們才進去，傑夫和莫泰蒙便從旁邊另一個貨櫃的門後跳出來。傑夫把手指放到嘴唇上，吹出了一個聲音尖銳的口哨聲，凱撒便馬上出現在紅色貨櫃的門口，嘴巴緊緊叼著克羅克太太的大骨頭。傑夫拍了一下手，凱撒．比爾就跳回地上。接著，碰地一聲，傑夫便關上貨櫃車的門，而莫泰蒙則跳上去，把門鎖把給門上，然後兩人拍拍屁股就離開那兒了。凱撒．比爾則跟在他們旁邊，慢慢地走回來，嘴裡還一邊啃咬著牠的寶貝大骨頭。

我覺得哈蒙和史東尼被關在那個貨櫃裡頭有點可憐，但他們也真的是活該！而且嚴格來說，他們並不孤單呢！半小時之後，他們所在的那列貨櫃火車就啟程了。接著，他們發現了一個我們精心準備的禮物，那就是亨利的聲音，從黏在車頂上的一具無線電通話器裡傳出來。

「我是摩里根機長。」亨利一開始是這麼說的，而我們其他人全都抱著肚子，滾在傑夫家穀倉的地上，笑得肚子抽筋。「我們歡迎兩位的搭乘，希望你們旅途一路順風。我們的飛行高度大約是一百六十公尺，時速大約為十八海浬，現在的風速大約是三海浬，但是我們認為那應該不會有什麼影響。我們的下一個停靠站是苦伯站，我們準備在那兒停留三個小時，祝您有個愉快的旅程，謝謝！」

我幾乎可以想像，哈蒙和史東尼用力踢著貨櫃車箱，握著顫抖的拳頭指著對講機的樣子。我猜想，甚至在亨利講完以前，他們其中一個人大概已經跳上去把它給拔下來，然後甩往牆上摔個稀爛了吧！不管怎麼樣，我們都不在乎了！此時，丁奇躺在地上，頭枕在凱撒．比爾那寬大的背上，臉上很滿足地微笑；凱撒還在啃著牠的大骨頭。每一次費迪羨慕地看牠一眼的時候，凱撒．比爾就會對著他叫一聲。

後來，哈蒙和史東尼果真在苦伯站打電話向他們的同伴求救，而且直到半夜才回到家。但可以肯定的是，他們絕對沒那個臉告訴任何人事情的真相！

總之，從此之後，再也沒人有膽綁架任何一個瘋狂科學俱樂部的成員了！

國家圖書館出版品預行編目（CIP）資料

飛碟魔幻獸 / 柏全德．布林立（Bertrand R. Brinley）文；
查爾斯．吉爾（Charles Geer）圖；賴文珍譯 . -- 三版 .
-- 臺北市：遠流出版事業股份有限公司，2023.09
面；　公分 . --（瘋狂科學俱樂部：2）
譯自：The new adventures of the mad scientists' club.
ISBN 978-626-361-213-6（平裝）

874.59　　112012660

瘋狂科學俱樂部 ❷
飛碟魔幻獸

文 —— 柏全德．布林立（Bertrand R. Brinley）
圖 —— 查爾斯．吉爾（Charles Geer）
譯 —— 賴文珍

執行編輯 —— 鄧子菁、吳梅瑛、陳懿文
封面繪圖 —— 唐唐
封面設計 —— 謝佳穎
行銷企劃 —— 舒意雯
出版一部總編輯暨總監 —— 王明雪

發行人 —— 王榮文
出版發行 —— 遠流出版事業股份有限公司
地址 —— 臺北市 104005 中山北路一段 11 號 13 樓
電話 —— (02) 2571-0297　傳眞 —— (02) 2571-0197　郵撥 —— 0189456-1
著作權顧問 —— 蕭雄淋律師
□ 2004 年 9 月 1 日 初版一刷　□ 2023 年 9 月 1 日三版一刷

定價 —— 新台幣 350 元（缺頁或破損的書，請寄回更換）

ISBN 978-626-361-213-6
遠流博識網 http://www.ylib.com E-mail: ylib@ylib.com
遠流粉絲團 https://www.facebook.com/ylibfans

THE NEW ADVENTURES OF THE MAD SCIENTISTS' CLUB
By Bertrand Brinley, illustrated by Charles Geer.